MIRIAM ALVES

Maréia

3ª rei

malê

Copyright © 2019 Editora Malê Todos os direitos reservados.

ISBN 978-85927-3649-1

Capa: Bruno Francisco
Capa: Ilustração Ronaldo Martins
Editoração: Agnaldo Ferreira
Editor: Vagner Amaro
Revisão: Leia Coelho; Ana Carine Souza de Jesus

Texto revisado segundo o novo Acordo Ortográfico da Língua Portuguesa.

Proibida a reprodução, no todo, ou em parte, através de quaisquer meios.

Dados internacionais de catalogação na publicação (CIP) Vagner Amaro

CRB-7/5224

A474m   Alves, Miriam

               Maréia / Miriam Alves. – Rio de Janeiro: Malê, 2019.

               188 p.; 21 cm.

               ISBN 978-85927-3649-1

               1. Romance brasileiro II. Título

                                           CDD – B869.3

Índice para catálogo sistemático: Romance brasileiro B869.3

Todos os direitos reservados à Malê Editora e Produtora Cultural Ltda.
www.editoramale.com.br
contato@editoramale.com.br

Vemos aonde queremos chegar.

– Marcílio Nunes Santos

Para

Patrocínia Maria Alves, avó, com a qual tive o prazer de conviver,

Maria Lúcia Gomes, avó, que não conheci em vida, mas viveu nas lembranças de minha mãe *Benedicta Severino Alves* e, através dela, nas minhas.

Àquelas que tiveram paciência em ouvir, por dois anos inteiros, eu falando do romance que estava escrevendo.

À inspiradora *Mariana Per,* musicista, violoncelista, flautista, cantora.

Sumário

Apresentação:
Maréia: histórias de mar e vida... - *Florentina da Silva Souza*

Capítulos

1. Herdeiro
2. Herdeira
3. Legado de Alfredo
4. Legado de Maréia
5. ACEMA
6. Claves em Sol
7. Redoma da Loucura
8. Relicário de Dorotéia
9. Nona Casa do Relicário
10. 'Apakan' – Mortos Criam Asas
11. Vida Restrita
12. Oniriki
13. Diário de Marujo
14. Encanto das Águas – "Omi ifaya"
15. Paralelas
16. Glossário Ioruba - português
17. Glossário Português - ioruba

Posfácio:
Miriam Alves: o poder de libertar "verdades aprisionadas" - *Giovana Xavier*

Maréia:
histórias de mar e vida...

Florentina da Silva Souza[1]

Miriam Alves é uma escritora que atua exitosamente em versos e prosas; escreve poemas, contos e mais recentemente romances. Com textos publicados no Brasil e no exterior, sua obra foi tema de dissertações, teses e artigos e consta de antologia variadas de literatura brasileira e de literatura afro-diaspórica. Conhecedora das potencialidades linguagem possui textos de tons líricos, afetuosos, mas também outros em que a força e vigor da luta e da insurgências mostram-se patentes e potentes.

No seu novo romance, *Maréia*, oferece ao leitor histórias aparentemente independentes que se cruzam na brutalidade da experiência colonial forjada na mentira, no logro e no ganho financeiro e social de um grupo de personagens; mas também na luta, resistência e crença na força e vitória da cultura por parte de outro grupo. Assim, o romance pode nos levar à história dos Menezes de Albuquerque, mas principalmente da família de Maréia, personagem que dá título ao romance. Pode nos levar à história do processo de enriquecimento de famílias brancas que com violência e brutalidade ascenderam e conquistaram prestígio na sociedade brasileira – uma metonímia para o processo de escravização impetrado em todos países da afro-diáspora. Porém, enfaticamente, nos leva a conhecer a tradição de um grupo de afrodescendentes que foi zelosamente compartilhada para não ser esquecida: "os relatos de Maria Dorotéia Nunes dos Santos, chamada carinhosamente de vó Déia, transmitia à neta, detalhes

---

[1] Professora titular de Literatura Brasileira- UFBA. Pesquisadora do CEAO - UFBA

sobre sua ascendência, para que a memória não esmaecesse, na bruma branca do esquecimento", diz a narradora.

É também um romance sobre memória (s) e o seu processo de constituição, para os Menezes de Albuquerque, a história heroica é contada e documentada para esconder a pusilanimidade:

> As verdades aprisionadas naquela casa, eram muitas, não se coadunavam com as versões de conquistas, (...). Não mencionava sobre os detalhes sórdidos de como se estabeleceu o poder e a influência social e política, amealhado pela família quatrocentona, que comandava o destino da nação, independente de quem se sentasse na cadeira presidencial.

No entanto, a memória da família de Maréia, é uma memória de resistência narrada com vistas ao futuro, à possibilidade de que o objeto símbolo mítico usurpado retornasse à família para reconstituir o ciclo da história:

> Contava-se que, o tal artefato, teria vindo para o Brasil no tempo do Império, sem detalhar a proeza de quem, e como, o haviam trazido. As informações imprecisas, davam conta que fora enterrado, por um cativo em uma fazenda, num local, que as escondidas, pudesse reverenciá-lo, sempre que por ali passava. No entanto, foi desenterrado pelo capataz, entregue àquele que se dizia dono da terra, foram encontrados, pouco tempo depois, perto do riacho, em estado de putrefação, morreram, misteriosamente, espumando pela boca, com filetes de sangue misturados a uma baba branca e

gosmenta. O escravizado evadiu-se das terras dos Albuquerque, depois apareceu com a peça na casa da tia Fé, para sumir de novo, em paradeiro desconhecido, no entanto Marcílio e Dorotéia, esperavam o dia em que ela retornaria ao seu lugar de origem.

Em contexto que envolve fé, mistérios e maldições, versões diversas de uma história que pode ter ocorrido em qualquer país da diáspora, a narradora constrói um enredo no qual os dois grupos de personagens possuem vidas paralelas, permeadas pela fé no mistério por um lado e pelo medo descrente do outro. A fé garante a vida, a continuidade e a certeza da magia do retorno. Retorno de um objeto sagrado trazido para o Brasil por um escravizado e que fora roubado. Personagens ligados ao roubo são misteriosamente punidos, mas persistia a certeza que o objeto desaparecido "retornaria ao lugar de origem".

Mortes misteriosas, loucura, doença misteriosa, violência contra escravizadas, contra mulheres, contra homens e mulheres negros/*as versus* habilidade musical, pesquisa sobre antepassados, solidariedade feminina, desdobramentos de "eus" tornam a narrativa uma história também de suspense. A que atribuir tanta maldição na família dos Menezes de Albuquerque? A que atribuir as lutas e conquistas da família de Maréia? Que relações as famílias têm com passado colonial?

Os mistérios que envolvem Maréia e sua família são desvendados nos capítulos finais em que narrativas míticas iorubás trazem para o leitor a riqueza de histórias ancestrais permeadas de palavras e expressões da língua iorubá, cujos significados são sugeridos na própria narrativas e reforçados no glossário generosamente colocado ao final do livro.

O romance é, pois, um texto que, em agradável tecido narrativo, nos conduz a uma prazerosa leitura de histórias. - Histórias do modo como se forjaram narrativas heroicas da colonialidade do poder; histórias da resistência daquelas pessoas que foram obrigadas a atravessar o Atlântico e garantiram a reconfiguração de suas culturas; história de gente que fez da tradição e da música fios para costurar sua existência; história das mulheres negras que mantiveram os laços familiares e culturais fazendo dialogar presente, passado e futuro. Maréia e as gêmeas Odara e Anaya se juntam e através da música parecem reinstaurar o mito ancestral.

Os romances escritos por mulheres negras no Brasil são poucos e ainda pouco estudados[2], Miriam Alves, entre outras escritoras negras, tem dado sua contribuição para que este quadro se modifique, vez que este é o seu segundo romance. Romance que aproxima a história ancestral e colonial a histórias do presente, apontando nas mesmas o modo como as mulheres negras e suas famílias atuam de modo discreto e/ou incisivo para manter as tradições ancestrais e para acompanhar as transformações que ocorrem ao seu redor.

Um romance de histórias, suspense vozes e mares!

---

[2] A este respeito veja-se a tese de Fernanda Rodrigues de Miranda, intitulada "Corpo de romances de autoras negras brasileiras (1859-2006) Posse da história e colonialidade nacional confrontada". USP, 2019.

Maréia

1. Herdeiro

A herança de cada um é o que lhe destina.
Será o caminho?
– *Marcílio Nunes Santos*

Suor teimoso em fino filete, como um pequeno rio, brotava na região da nuca, escorria lento no meio das costas, desaguando entre as nádegas, irradiando para o corpo umidade fria, que denunciava silenciosamente suas inquietações mais recônditas. Acostumara-se a não evidenciar emoções; o único indício de seu estado emocional corporificava-se naquela transpiração inconveniente. Acreditar mais nas coisas que podia obter, conquistar, acumular era uma tradição de família que remontava a várias gerações, desde o primeiro Menezes de Albuquerque chegar às terras do novo mundo. O rosto traduzia uma verdadeira máscara impenetrável, desafiando o mais arguto observador a identificar a torrente de hesitações, dúvidas e angústias que sobrecarregavam sua existência. Dissimulava, capacidade conquistada ao longo da infância, induzida pela mãe, principalmente, e pelo austero avô paterno Alfonso Manoel de Souza Menezes de Albuquerque, que, por qualquer motivo, proferia com voz rouca e autoritária: "Você é um Menezes de Albuquerque. Nunca se esqueça disso. Temos muita história. Honre!"

Ouviu a frase em tom ameaçador, pela primeira vez, aos sete anos. Voltou chorando da escola, foi chamado de mulherzinha pelos meninos mais velhos. Queria ser reconfortado pelo avô; no entanto, calou o choro, que mais tarde se transformou na sudorese que empapava a cueca, causando desconforto. Passou a considerar sentimentos como fraqueza, nunca mais nada demonstrou, para ser um digno descendente das conquistas heroicas, narradas com orgulho senhorial pelo patriarca Alfonso, que gostava de ser chamado de Dom Alfonso, por mais que esse tratamento tivesse caído em desuso havia muitas décadas. Filho que restara de uma prole de três, a irmã dois anos mais nova, Elisadora, apelidada de Dorinha; o irmão Augusto, quatro anos mais velho, ambos falecidos em ocorrências duvidosas. Pesava-lhe a responsabilidade de continuar a altiva linhagem patronímica, que remontava aos idos tempos de conquistas medievais. Sentia falta do pai, João Francisco Menezes de Albuquerque, que morrera em circunstâncias misteriosas, quando ele tinha apenas onze anos de idade. Lembrava-se da sua voz, às vezes suave, outras vezes severa; sentava-se em seu colo, ouvia-o narrar as histórias das aventuras de seus antepassados, entre lendas e falácias.

Para enfatizar a veracidade dos fatos, levantava-se da cadeira de alto espaldar, colocava-o com carinho no chão recoberto de grosso tapete. Na estante da biblioteca, entre coleção de edições raras, figuravam outros volumes, em vários idiomas, que versavam sobre temas diversos. Selecionava um livro, entre os vários volumosos, abria numa página ilustrada com gravuras, apontava uma figura com o semblante sério. "Olhe! Esse é o senhor de Castela, nosso antepassado." Na voz, carregava um misto de orgulho, mistério e culpa, o olhar distanciava-se, afagava a cabeça do filho, mergulhava num silêncio, vagando em nebulosas verdades. Após João Francisco deixar de ser presente em sua vida, ele adquiriu o hábito de sentar-se naquela cadeira assemelhada a um trono, madeira escura, assento em veludo vermelho, espaldar todo ornamentado com debruns dourados trançados, que aludiam a dragões. Ao sair das aulas, no rígido colégio com disciplina militar, ficava ali por horas. Por vezes, abria um livro e fitava a pintura do senhor de Castela, tentando perceber naqueles traços de rosto estático, alguma semelhança fisionômica, vislumbrava parecença com os seus olhos, nariz, fronte e boca.

Doía-lhe a ausência do pai, do calor do colo; esforçava-se para não deixar fluir nenhuma sensação de perda e solidão, proibidas naquela mansão, habitada por recordações aprisionadas e lembranças mudas. Ali, tudo era amplo e suntuoso, o ar sobrecarregava, o passado construiu muralhas, trancou o presente, determinou um traçado inflexível para o futuro. Obediente, assustado, retraído, crescia cercado pela rabugice do avô e a insensatez da mãe Guilhermina Melo Freire de Albuquerque, o que transformaria a transpiração abundante dele em intensa e descontrolada. Depois da morte da filha, aos cinco anos, Guilhermina sentia-se negligente nas obrigações para as quais fora educada a vida toda. "Não soube ser mãe" – frase que repetia várias vezes ao dia, batendo a mão direita no lado esquerdo do peito, primeiro levemente, depois mais forte. "Não soube ser mãe, fui criada para isso. Não soube ser mãe" – culpava-se. Punia-se e logo caía em choro convulso incontrolável. Deprimia-se. Chamava baixinho pela menina: "Elisadora. Dora... Dorinha." Olhava ao redor com a esperança de vê-la entrar correndo, para abraçá-la. Ao perceber a inutilidade de seu chamado, retomava o ritual de autoflagelo, com as mãos fechadas em punho esmurrava-se. "Não soube ser mãe. Mãe... Mãe... Mãe..." Silenciava.

Outrora, fora uma mulher alegre, sua beleza derivava dos cuidados que a abastança da família Melo de Freire proporcionava. Abarrotava seus armários com modelos exclusivos, roupas requintadas confeccionadas em finos tecidos, provindas de afamadas butiques internacionais. Estudou no semi-internato das freiras francesas, onde se ministravam os ensinamentos de cuidados com os filhos, ordem, disciplina, limpeza, higiene e os fatores primordiais necessários para manter uma casa primorosa e assegurar um casamento feliz e duradouro. Mulher adulta, transformou-se em esposa dócil, mãe cuidadosa, zelosa, primorosa, senhora do lar. No internato, exercitou-se na arte de ordenar e ser servida. Em seus domínios, comandava as empregadas; nunca se preocupou em saber o nome de quem lhe prestava serviços, chamava-as de "martinhas", garantindo a distância necessária entre a distinção, ela, e os anônimos, os outros. Força do hábito adquirido na escola das religiosas; lá, as meninas sem recursos econômicos eram internas serviçais, auxiliavam na cozinha, faziam faxina, lavavam e passavam as roupas de cama e mesa, em troca de algumas horas de ensinamento gratuito. Ao final do dia, depois de realizarem o trabalho, bordavam toalhas e lençóis, vendidos no bazar mensal, com a alegação de que o rendimento seria destinado a cobrir os custos de seus estudos.

Essa era a ordem natural da vida para Guilhermina, que nunca questionou seu papel no mundo. Ao completar a formação colegial, estava pronta para se casar. As festas e reuniões familiares, com a presença de rapazes e moças de boas famílias, eram realizadas com o intuito de encontrar o futuro esposo. Numa dessas ocasiões, ela foi apresentada a João Francisco Menezes de Albuquerque; interessou-se, ele tinha uma sensibilidade diferente da dos pretendentes que conhecera. Namorou. Noivou. Casou-se. O enlace foi celebrado na Paróquia Nossa Senhora do Brasil, elegante igreja da capital de São Paulo, construção inspirada nos templos mineiros; o interior recorda as basílicas portuguesas. Selava-se o matrimônio dos nubentes, mas, principalmente, a união de linhagem tradicional, os Melo Freires e os Menezes de Albuquerque. Fortificavam-se laços seculares, garantia-se a manutenção, ampliação de fortuna e do poder, entre os clãs que dominavam as relações econômicas e sociais, desde o tempo do Império. Os antecessores participaram de conquistas, comércios e de todo tipo de negócio, inclusive o mercado de almas, forma irônica e eufêmica de se referir à captura, ao translado e às vendas de pessoas para o trabalho forçado.

Consta que um dos Albuquerque, após ter raptado, em terras de África, mais de cinquenta almas, entre homens mulheres e crianças, transportou-os em negreiros, presenteou-os ao Imperador numa recepção no Palácio Real, foi glorificado por seu feito. As prendas ofertadas ao magnânimo monarca eram mulheres, crianças e homens nus, com uma minúscula peça de tecido a lhes envolver as partes íntimas, em respeito à presença da comissão clerical, que, em nome da Santa Sé, espargia água- benta no lote humano, espantando qualquer malefício que eles poderiam conter ou ocasionar ao soberano. Recebeu em troca pelo donativo o título de Conde de Algares, nobreza que ostentava com soberba, nas festas da corte, que esbanjavam pompa e luxo. Ao saber que Algares significava guarita de malfeitores, não se abateu, orgulhava-se mesmo assim; afinal, era conde. O primeiro Melo Freire que iniciou a linhagem brasileira usou o subterfúgio de se estabelecer nas navegações do comércio ultramarino, usurpou bens dos nobres portugueses, arrecadou uma considerável quantidade de dinheiro e objetos de valor. Fugiu para o Novo Mundo, numa nau ancorada no Porto que se abastecia, para cumprir a rota África-América; estava abarrotada de escravos, peles de caprinos, óleo de peixe, cordas, madeira, ouro, goma, marfim, malagueta, anil e açúcar, sendo minúsculo o espaço destinado aos passageiros.

Acostumado ao cotidiano de uma cidade europeia, a viagem, para ele, foi uma aventura; enjoo, diarreia e tonturas foram suas companheiras na trajetória. Atordoava-se com os gritos, cantilenas e com o ronco das ondas batendo na quilha da embarcação, que preenchiam as noites, bem como os odores nauseabundos de suores, urina humana e de animais, fezes de aves, misturados ao salino do oceano, fazendo-o se arrepender de enganar os incautos, esnobes da corte, mas não tinha como voltar. Na cidade estranha, em terras novas, em meio ao burburinho do descarregamento da carga do navio, ele trazia, como principal bagagem, a pequena fortuna surrupiada, escondida entre as pesadas vestimentas, que se tornavam incômodas, pesavam mais, sob o calor tropical. Antônio Melo de Freire teve a sensação de que desembarcara num pedaço do inferno. Mais tarde, ao se transformar em comerciante prestigiado, contaria essa peripécia, vangloriando-se da arrojada proeza de atravessar oceanos, para prosperar em lugar estranho. Omitiria, habilmente, o título de nobreza e o ardil usado para enganar seus patrícios. Justificaria as cicatrizes epidérmicas como resultado de atos heroicos, em escaramuças com nativos ferozes em terras distantes. Na verdade, as perebas na pele foram causadas pela sarna, e pela sua recusa em tirar as grossas vestimentas, temeroso em expor a pequena fortuna, roubada, escondida nas roupas. Na colônia se estabeleceu, construiu um armazém e um sobrado, encomendou de Portugal, o mobiliário e louças, para compor a residência e demonstrar abastança. Moradia pronta e adornada, precisava de uma esposa para se transformar em patriarca respeitado; não pestanejou, tratou de importar uma mulher branca, portuguesa legítima.

A futura esposa, Maria Francisca Fernandes de Castro, era avessa a aventuras, temia o mar, apavorava-se só em pensar em viajar para a terra desconhecida. No Porto, contavam histórias de enormes monstros e naufrágios, diziam que, nesse mundo distante, nativos e terríveis feras se alimentavam de carne humana. Mas não teve escolha, o pai a obrigara, ele havia recebido, nas negociações do casamento, o dote mais o custeio da longa viagem; em troca, garantiu que a filha era virgem e boa parideira. Sem disposição e vontade, embarcou rumo ao desconhecido, selando o seu destino. Chegou; carregava, entre as poucas tralhas, uma imagem da Virgem

Maria, esculpida em madeira. Ele a recepcionou no desembarque, conferiu de cima a baixo, como a um artigo adquirido; não o atraiu a mulher de dezoito anos, com rosto avermelhado pelo calor da cidade, corpo roliço coberto por vestimenta de tecido grosso, preto e cheio de babados. A cor clara dos cabelos desgrenhados permitia ver os piolhos alojados nos fios, que sobressaíam por baixo do chapéu ornado com pequena pluma.

Cansada, pelo longo trajeto, aguardava que o homem que a comprou se dignasse a tirá-la dali. Alarmada, sentada num barril de vinho barato, o rosto expressava o que aquele lugar insalubre lhe causara: susto, aversão e nojo. Antônio conferia as encomendas, ordenava cuidado com alguns caixotes que continham louças, gesticulava e suava muito. Olhou para ela, misturada a mercadorias, a comparou a um produto mal-acabado; hábil em não honrar a palavra firmada em compromissos, a promessa de casório demoraria a ser cumprida. Ela temeu que as cicatrizes no rosto dele fossem marcas de doença contagiosa, própria dos trópicos, e abrangesse o resto do corpo. Desconfiou, quando ele se aproximou, que o cheiro morrinhento azedo não exalava exclusivamente do cais. Um arrepio frio, como um mau prenúncio, percorreu-lhe a espinha; apreensiva apertou entre os braços a Virgem Maria, rezou baixinho. Caminharam, a rua calçada com pedras irregulares dificultava o trajeto, o cortejo exibia aos curiosos as novas aquisições, símbolos de opulência. Antônio vinha à frente, tragava um charuto, soltava baforadas, ruminava sobre os filhos que faria na mulher, que, submissa, acompanhava-o, carregando a sua mala e atrapalhava-se, tropeçando no calçamento escorregadio.

À meia distância, dois meninos da Guiné, com idade aproximada de doze anos, adquiridos a bom preço, o seguiam transportando pesados fardos com produtos, de lucros certos, que lograriam o seu intento em se transformar do usurpador de outrora no prestigioso comerciante, adquirindo influência dia a dia na província, que, na chegada, equiparou a algum canto do inferno. Na sua propriedade, ordenou com gestos aos negros, que não entendiam sua língua, que armazenassem as compras no armazém e lá ficassem. Dirigindo-se à mulher, que não era bonita, mas com certeza donzela e boa parideira, o que fazia valer a boa quantia desembolsada, indicou os aposentos do casal e mandou que ela fosse para lá. As acomodações, um pobre arremedo dos requintes europeus, o mobiliário acanhado, os utensílios de uso básicos não passavam de quinquilharias aleatórias, sem nenhum bom gosto. Esperava-a uma tina de água morna e sabão; banhou-se, aliviou-se do cansaço da trajetória transatlântica, avaliou, afinal, que o destino traçado por seu pai, em troca de pagar dívidas, poderia ser alvissareiro. Vestiu a roupa a ela destinada, um camisolão branco de mangas longas, com um buraco na região pubiana, aconchegou-se na cama grande. Confortou-se, com uma sensação de segurança, livrou-se da fadiga de um mês, dormindo no aperto do camarote do capitão do navio. Suspirou fundo, fechou os olhos, dormiu.

 A porta se abriu, os ruídos dos passos de Antônio, entrando no quarto, ressoavam no assoalho de madeira. Ao vê-la deitada entregue ao abandono, excitou-se, coçou-se por entre as pernas, sentiu seu órgão enrijecido, estava pronto para fazer filhos. Não pestanejou, despiu as calças, ficou só de ceroulas, meteu a mão na braguilha, tirou o seu cacete e, com sofreguidão, atirou-se brutamente sobre Francisca, como quem abate uma presa. Ela acordou com o estocar contínuo que passava pela fenda do camisolão e a atingia em cheio, no vai e vem bruto, como se a transpassasse. Susto, dor de ter as entranhas rasgadas, sentiu um caldo quente melado escorrer pelas coxas, soltou um grito lancinante, desfaleceu. O homem emitiu um grunhido, ejaculou. Com o corpo amolecido, sem dizer palavras, ofegando, desabou sobre o corpo da mulher, sem nenhum cuidado. Bastaram alguns instantes para recuperar as forças, levantou-se, vestiu as calças, disse exultante: "Vais me dar um filho". Retirou-se, foi cuidar de seus outros negócios, havia muito que fazer ainda. Maria Francisca acordou dolorida; na desordem da cama, sentia odores misturados de esperma, sangue, urina e outros líquidos. Selado estava o seu destino, envolta em uma confusão de sentidos, abraçou-se à Virgem Maria e orou.

"Salve Rainha, Mãe de Misericórdia
Vida, doçura e esperança nossa, Salve!
A Vós bradamos, os degredados filhos de Eva
A Vós suspiramos, gemendo e chorando neste
Vale de Lágrimas."

A cada palavra, lágrimas escorriam pela face, o brilho dos olhos e a esperança esvaíam-se, abrindo espaço para a aspereza. Tornou-se rude com as pessoas, abrandava-se na presença do marido, se não, além dos ataques sexuais noturnos, receberia tabefes no rosto, desferidos com as costas das mãos calosas e peludas, fosse onde fosse, na presença de quem quer que fosse. Seguiria rezando para o resto de sua existência e, a cada filho feito nela, num total de cinco, sempre da mesma maneira.

As verdades aprisionadas naquela casa eram muitas, não se coadunavam com as versões de conquistas contadas pelo pai João Fernando Menezes de Albuquerque, que lhe ocultava os meandros indignos sobre a fortuna acumulada havia séculos. Não mencionava sobre os detalhes sórdidos de como se estabeleceu o poder e a influência social e política, amealhado pela família quatrocentona que comandava o destino da nação, independentemente de quem se sentasse na cadeira presidencial. Nutria a certeza de que Alfredo Freire Menezes de Albuquerque não se orgulharia com a verdade, tinha muita sensibilidade, tendência ao choro fácil, parecia não ter o vigor necessário para comandar. Falseava os fatos, inventando uma ascendência nobre, com a intenção de incentivá-lo, fortalecê-lo, deixando a cargo do avô paterno o disciplinamento mais austero. Ele era o filho que lhe restara, depois das mortes infortunadas do primogênito Augusto e da caçula Elisadora. Alfredo foi educado para dominar, comandar e se tornar um magnata das indústrias Menezes & Albuquerque.

2. Herdeira

Aponto o hoje
Acerto o ontem
Mudo o amanhã.

– *Onà*

Uma claridade suave, em fachos luminosos, adentrava pela fresta da janela. Luz e sombra mesclavam-se, brincavam na penumbra acolhedora do quarto, causando efeito de sonho no ambiente, como se um técnico de iluminação cênica, invisível, manejasse refletores, decidindo qual ponto a ser focalizado. Um foco recaía sobre o violoncelo, fora do seu estojo protetor, apoiado sobre um pequeno pedestal que o amparava com segurança. Outro inundava de luminescência a flauta transversal, escorada ao porta-retratos, cuja fotografia, em segundo plano, dava indícios de ter sido tirada em décadas passadas. Em destaque, mostrava um homem alto e imponente, segurando uma flauta de madeira junto aos lábios, com orgulho e elegância. O rosto em perfil, de Ibiácy do Pífano, exibia um brilho acobreado e um carisma que se expandia para além da foto. Na meia-luz ambiente, destacava-se o rosto sereno de Maréia, na placidez do sono, com um sorriso de plenitude lhe enfeitando a face. Os lábios carnudos bem definidos, com o arco de cupido acentuado, a parte superior um pouco maior que a inferior, uma característica física, preponderante, daqueles que possuem abnegação para com as outras pessoas, que valorizam as relações de amizades. Os cabelos pretos encaracolados espalhavam-se, em gracioso desalinho, por sobre a fronha branca, proporcionando um fascinante contraste. Brilho encantador, destacava a tonalidade âmbar da pele, reluzia com o contato-carícia dos raios de sol da manhã, que se infiltravam pelas frestas da veneziana.

Despertou, dominada por uma onda de certeza, olhou decidida para o violoncelo e para a flauta, se espreguiçou, esperançou-se em sonhos, abriu a janela, inundou-se na força do dia. Vitalizou-se, voltou a atenção para o retrato sobre a cômoda, o bisavô eternizado em imagem segurando o pífano, como quem executa uma música. Afagou, na foto, o rosto bonito, altivo e determinado, não o conhecera em vida, mas as histórias contadas na família a aproximaram dele. Aprumou-se com os pés ligeiramente afastados, o peso do corpo apoiado em ambas as pernas, inclinou a coluna, os braços alinhados ao tórax, virou o pescoço, a cabeça elevada como se observasse uma hipotética linha do horizonte. Posicionou a flauta transversal dourada, soprou de manso, realizando os aquecimentos com as notas longas, fechou os olhos, sentiu a mente flutuar, deixou-se levar pela magia do som, imaginava dialogar em dueto com o bisavô, improvisou uma melodia. A sonoridade a fazia relembrar os relatos de Maria Dorotéia Nunes dos Santos, chamada carinhosamente de vó Déia, transmitia à neta, detalhes sobre sua ascendência, para que a memória não esmaecesse na bruma branca do esquecimento.

A avó contava que descendiam de Takatifu, aquele que nasceu sagrado, irmão gêmeo de Atsu, o mais jovem dos dois; afirmava que lá naquele tempo, em outras terras que não aqui, eles, ao nascerem, foram considerados dádivas dos deuses. Naquela localidade, acreditava-se que o surgimento da primeira gravidez gemelar era um prenúncio, indicativo de mudança, traduzida como prosperidade. Zunduri, moça bonita, depois da cerimônia sagrada de união com Ekom, aquele que é forte, retirou-se com ele para o alto da montanha, para o recanto da senhora das águas e da procriação. Lá existia uma edificação de pedras, harmoniosamente colocadas uma a uma. Árvores centenárias ao redor compunham o cenário-natureza. Uma trilha entre o matagal dava acesso à catadupa. A poucos metros da cabana, ouvia-se a queda da água, um cantar das habitantes encantadas do leito do rio. Numa noite de lua cheia, absortos com a melodia do canto mágico da cachoeira, trocaram carícias e se amaram enluarados. Retornaram ao povoado, foram recebidos com festa, deram três voltas ao redor da fogueira. Ao toque das mãos da mulher mais velha da aldeia, na barriga da recém-casada, a tal mulher percebeu que ela estava grávida de gêmeos.

Maréia absorta tocava. No retrato, o Ibiácy do Pífano parecia criar vida, sorria. Ela, emocionada, conectava-se com um legado ancestral, ouvia as palavras sábias da avó: "a música conversa com todas as coisas, com todas as artes, em tudo tem música". Acostumara-se, na infância, a aguçar o ouvido para escutar o som das coisas; não percebia nada, questionou se elas musicavam mesmo; a velha senhora dizia ser necessário ter confiança em si mesma, para dialogar sem timidez, só aí elas sonorizariam. Passou a acordar cedo, atentava, pacientemente, até ver rompida a barreira do acanhamento e da ansiedade; um dia, como por encanto, passou a escutar as melodias da natureza. Primeiro um sussurro, depois sons ritmados, uma trilha sonora elaborada ia lhe enriquecendo a vida, acrescentando melodias às suas emoções. Dorotéia, com orgulho, incentivava a neta, afirmava que aqueles que têm inclinação musical são atraídos pelos instrumentos, uma espécie de magia divina. Contava sobre os familiares de gerações precedentes com vocação e talento, que traziam a musicalidade nas veias, para dizer o que lhes repercutia na alma, através do canto ou criando objetos sonoros.

Dizia que Ibiácy, ao caminhar pelo bambuzal, perto da mata onde morava, fascinara-se pelo porte daquela planta grande, esguia e flexível, cujos caules, ao soprar do vento forte, se curvavam até o solo; as folhas varriam o chão, depois retornavam à posição anterior. Atento às minúcias, sensibilizado por essa movimentação, notava sutis diferenças, que eram melodias para seus ouvidos. Fazia gesto com os dedos, imaginando tocar o que ouvia em seu interior, comparava com as canções que escutava nas festas da paróquia na cidade. Um dia, ajudado pelo pai, cortando com cuidado uma haste, fazendo furos para a passagem do ar produzido pelo sopro, conceberam um pífano. Com a flauta criada, ele inventava melodias. Tornou-se famoso no vilarejo, reverenciado como mestre tocador, dono de um estilo expressivo, e como mestre artesão, pelos instrumentos de bambu que passou a confeccionar, os quais emitiam sons de alta pureza. Maréia agradecia por ser herdeira da inclinação musical de seus antepassados, reavivar recordações a exortava a nunca desistir de seus intentos, ficava leve, disposta, fortalecida, pronta para enfrentar desafios.

Era dominada por verdadeira sofreguidão em aprimorar-se, somar ao talento inato outros conhecimentos. Não esmoreceu, frente ao espanto causado no corpo docente, na graduação da Faculdade de Música; ao escolher flauta e violoncelo, os olhares dos professores diziam mais que as palavras, ao tentarem convencê-la a optar por algo mais apropriado a pessoas como ela. Graduou-se. O desejo de aperfeiçoamento a levou a cursar pós-graduação em História da Música Brasileira; depois de muito argumentar, conseguiu aprovação do projeto de pesquisa, sobre a obra do maestro da corte de Dom João VI, no Brasil, Padre José Mauricio Nunes Garcia, personagem relatado nas histórias de dona Déia, como descendente dos gêmeos Takatifu e Atsu, portanto, seu parente remoto que, assim como ela, possuía a capacidade de reproduzir os sons das coisas. Constavam da produção artística, do padre musicista, mais de duzentas e quarenta composições catalogadas em diversos gêneros: modinhas, músicas sacras, peças orquestrais e dramáticas. Fascinou-a o riquíssimo legado, a vida do instrumentista; no entanto, lamentava-se sobre os detalhes relevantes que desapareceram, por força do esquecimento coletivo.

Sentia-se tomando posse de sua herança, o que a estimulava romper as barreiras impostas, obstinava-a, ainda mais, a alcançar os seus intentos.

Recordou o dia em que, no estúdio da faculdade, esmerava-se para dar vida aos sons. Mirava-se no espelho, os lábios pareciam insinuar a oferta de um beijo, soprou e soprou no bocal, com elegância, até se satisfazer com o resultado. Exausta, desejou um abraço, percorreu a sala com o olhar, o rei do naipe de cordas a atraiu; com invisíveis braços abertos, dirigiu-se até ele e o enlaçou. Percebeu que, no violoncelo, o contato se dava de forma corporal intensa, diversa à da flauta. Sentou-se na banqueta, encaixou-o entre os joelhos, encostou o peito na parte superior, a anatomia curvilínea do instrumento harmonizava-se com suave sensualidade ao seu corpo esguio de mulher. O friccionou com a vareta do arco, ele que emite toda gama de timbre da voz humana soou como um gemido de prazer. Interrompeu o pensamento, fitando o cello, sobre o qual incidiam alguns tênues raios de luz; não podia se entregar aos devaneios, desafiava-se, dia após dia, a ultrapassar os limites, na incessante busca pelo belo. Atentou na especial importância em buscar o gestual ideal, sentir a harmonia perfeita, concentrou-se, tocou. Meneava a cabeça, roçava os joelhos no corpo do cello, as notas, adquirindo vida própria, irradiavam-se no espaço, alcançavam o infinito, retornando como energia fortalecedora. Encontro e reencontro, religação de elos partidos, os olhos fechados, ela percorria mundos, quebrando o muro do silêncio, do esquecimento. Reencontrava-se na melodia, como quem abraça um ente querido, realizava-se um ato de amor e completude, suavidade e vigor.

Resolveu, após graduar-se, abrir uma escola de música; a ousadia da empreitada fomentava comentários de desestímulo.

Ouvia das pessoas próximas: "Alguém, como ela, se meter com música erudita. Como pode? E, ainda por cima, abrir uma escola? É metida mesmo! Isso não vai dar certo.". Não desistiu, seguiu em frente em seu intento, inspirava-se na trajetória de vida do maestro Padre Maurício, compositor do hino nacional do Brasil. No começo, instalou-se numa sala acanhada, que não fazia jus ao nome pomposo na placa, Conservatório Musical Clave em Sol, dependurada à porta. Pagava o aluguel com as trilhas sonoras que compunha para comerciais de televisão. Depois, com incentivos culturais, ampliou o empreendimento, mudando-se para uma casa maior. Além das aulas regulares, passou a supervisionar e orientar alunos com dificuldades no curso, provindos de diversas universidades, alguns deles se tornariam professores da Clave em Sol. Recebeu convite para se incorporar à Orquestra de Câmara Sopro de Corda, foi se destacando entre os mais entusiastas dos músicos. Iluminava-se, entregava-se, completamente, mesmo não sendo a solista; o carisma que emanava envolvia os ouvintes, comunicava-lhes beleza, transportando energias sonoras diretamente às suas emoções. O maestro passou a escalar para o dueto composto por piano e flauta e para os solos de cello.

O Conservatório crescia em fluxo de alunos, ela planejou abrir filiais, mas reconsiderou, para não comprometer os sagrados momentos a que se dedicava estudando novas possibilidades harmônicas. Ficava absorta, num tempo sem tempo, onde brotavam melodias, trazidas pelas personagens queridas, que, saídas das histórias contadas por vó Déia, tomavam vida em seus momentos de criação, numa espécie de confraria fraterna. Quebravam-se as barreiras do ontem, hoje e amanhã, numa confraternização inquebrantável, esperançando-a, alimentando a certeza de encontrar passagem nos caminhos obstruídos. Seguia em frente, assim como os seus antepassados que, com ações, não deixaram desaparecer o fio invisível da continuidade. Aconchegada no seu quarto, local seguro e confortável, limpou os instrumentos com carinho, colocando-os, com cuidado, no mesmo lugar em que compunham o cenário do seu santuário de lembranças. Ainda vestia a roupa de dormir leve e curta, que destacava sua anatomia esbelta e escultural, deixava visíveis as pernas alongadas, as coxas ligeiramente grossas e torneadas. Despiu-se. As vibrações dos exercícios musicais matinais reverberavam por todo o seu corpo. Apressou-se para o banho demorado, o sabão líquido especial, feito da composição de manjericão, alfazema e lavanda, formavam pequenas bolhas perfumadas na esponja macia.

    A água morna do chuveiro escorria lenta pelas curvas de seu corpo, sentia-se plena, inteira, completa, uma sensação de compor o universo e alcançar o inatingível. Acariciava-se, com a maciez da espuma; vagarosamente, os poros absorviam o eflúvio das ervas aromáticas, ela se deleitava com o contato. O vapor do chuveiro a envolvia numa névoa perfumada, contraditoriamente, revigorante e relaxante, o aroma como bálsamo, penetrava-lhe os pulmões. Enrolou-se na toalha branca felpuda, no armário escolheu uma vestimenta, estendeu-a sobre a cama. Vestido preto, estilo tomara que caia, pondo à mostra o pescoço longilíneo e parte do dorso, destacando o brilho acobreado da pele, adereços discretos, colar e brincos em *strass* cinza, em forma de gota, compondo um visual romântico e delicado, o par de sapatos, confortável, de salto médio. Vestiu-se sem pressa, maquiou-se com esmero, valorizando o formato ovalado do rosto, o batom caramelo realçava o contorno dos lábios. Penteou-se, formando um coque que se assemelhava a uma coroa, formada pelos fios naturalmente encrespados. Admirou-se ao espelho, aprovou o resultado, detalhe por detalhe, uma fragrância suave deu o toque final, que, acrescida ao aroma do banho, deixava no ar a sensação de leveza e frescor. Estava pronta para a prova de audição, numa vaga de instrumentista, cello e flauta, a que se inscrevera havia meses, na Orquestra Filarmônica Municipal. Colocou os instrumentos no banco de trás de seu carro, dirigiu-se para o teatro, janela aberta, sentindo o vento acariciar o rosto, uma certeza sussurrava aos seus ouvidos: "Está pronta. Vencerá."

3. Legado de Alfredo

> Serás caveira amanhã.
> Essa beleza louça
> Te está mesmo condenando...
> – *Gregório de Matos*

Acordou todo empapado, como sempre nas manhãs; lençóis ensopados de suor, o pijama encharcado causava desconforto, dormia à base de remédios para se livrar dos pesadelos que o atormentavam, desde criança, acordava assustado, gritando, incomodado pela umidade produzida pelo próprio corpo. Os Menezes de Albuquerque, valendo-se do poder da riqueza, amealhada por séculos, recorreram a especialistas, em clínicas de diversas cidades do mundo. Nas dependências da mansão, havia um ambulatório médico, equipe de plantão, vinte e quatro horas, vários equipamentos e aparelhos, um laboratório sob a responsabilidade do doutor Wlade, para pesquisar sobre novos métodos de tratamentos e medicamentos. Todo um aparato, não poupando custos, para atender em sigilo, e livrar do infortúnio da enfermidade o último dos descendentes da linhagem, outrora nobre e, na atualidade, influente no mundo financeiro, na figura do poderoso magnata Alfonso de Souza Manoel Menezes de Albuquerque. No entanto, o empenho não surtia o efeito desejado, a inconveniente sudorese não se restringia ao período noturno, ele estava sempre molhado.

Com o intuito de minimizar o constrangimento, suas vestimentas eram confeccionadas com tecidos absorventes especiais, substituídas, de duas em duas horas, quando saturavam. Para atendê-lo em suas necessidades, um séquito de empregados estava sempre a postos, além daqueles que o auxiliavam a permanecer enxuto e elegante em público, numa rotina de várias trocas diárias de roupas, semelhante à maratona das modelos de desfile de moda. A fama de Alfredo, de homem bem-sucedido, agregou-se à de excêntrico, por ele trajar ternos e camisas em tons escuros sempre do mesmo modelo, evitando denunciar as mudanças feitas com rapidez e zelo pelos que cuidavam de sua aparência. Porém, às escondidas, para descontrair, cochichavam, chamando-o de "suadinho", com sarcasmo e cinismo, atentos para não serem flagrados no deslize, que poria a perder o emprego com alta remuneração, como garantia de silenciar os detalhes das intimidades do patrão. As "martinhas", assim Guilhermina denominava as empregadas, despendiam horas lavando e passando, diariamente, quantidade absurda de roupas sujas, gerada pela doença do milionário. Nas colunas sociais de jornais e revistas, era tratado como excêntrico, pela discrição de seus hábitos, tendendo à reclusão e ao isolamento, e por desaparecer dos ambientes e ressurgir do nada. Também era visto como esbanjador, pela aparência requintada impecável, tornando-se um dos solteirões mais cobiçados.

Homem solitário e circunspecto, depois do falecimento de João Fernando, que lhe propiciava a ternura da atenção paterna, ele equilibrava-se entre o desamparo e a solidão. Adquiriu o hábito de acomodar-se na cadeira vermelha e dourada, da biblioteca familiar; entre choro silencioso e livros volumosos, lembrava a voz do pai, contando aventuras heroicas, desbravamentos e conquistas dos senhores feudais, que dizia serem seus antepassados. Confortava-se na maciez do assento, sentia o calor do progenitor, como um abraço protetor, perdia-se em pensamento horas a fio. Interrompido pela criada mais antiga, a mando de Dom Alfonso, que adentrava silenciosa no recinto, refúgio do menino, com olhar terno e piedoso, informando que a mesa do jantar estava posta. Anos servindo na casa, presenciou desalentos e tragédias dos moradores, mas a discrição imposta pelos patrões a fazia não interferir, calava-se. "Olhar, servir e silenciar", o lema que garantia o emprego das "martinhas". Guardava para si o desejo de acarinhá-lo, consolá-lo, avisando para ele se preparar, o que significava vestir-se de forma requintada. Ele engolia o choro, recompunha-se; os olhos vermelhos, o rosto umedecido pelas lágrimas contrariaria o avô.

Obediente, dirigia-se ao quarto, onde os trajes, previamente preparados, aguardavam-no, qual uma armadura ajeitada no antigo cabideiro de chão, da altura de um adulto. Calças passadas em vinco perfeito, camisa branca, colarinhos engomados, sem nenhuma ruga, gravata borboleta, sapatos pretos de couro engraxados com esmero, a ponto de brilharem no escuro. Trajava-se examinando-se ao espelho, fiscalizava a si mesmo; ansioso, conferia cada detalhe, exaustivamente, para não desagradar. Os cabelos lisos escuros, penteados para trás com cuidado, nenhum fio se destacava, qualquer deslize atrairia uma olhadela breve, porém incisiva, de reprovação, que o atingiria qual uma adaga afiada direto no coração. Descia as escadarias de mármore, com a elegância de um lorde, camuflando a insegurança, almejava a aprovação do avô, intento difícil de ser alcançado. Disfarçava o desejo, que os degraus não terminassem nunca ou que o destino fosse outro lugar, não ali. Com o ritmo acelerado da pulsação, sentia o suor brotar, acometia-lhe um arrepio medular; hesitante, adentrou a sala com as paredes decoradas por quadros que ostentavam senhores como figuras austeras, olhares duros e indumentárias antigas.

Aguardava-o na cabeceira da grande e antiga mesa o vetusto Dom Alfonso, que se trajava com aprimorado rigor, e que o recepcionou com formalidades exageradas, com cerimonial de quem está em ocasião solene, na casa de alguém proeminente na sociedade, da qual fazia parte. Ereto, postura altiva, feição granítica, a face sulcada por rugas, não transparecia nenhum afeto, sepultava dores de perdas acumuladas, disfarçava as preocupações, prementes, em obter e manter os bens materiais. O avançar da idade, os acontecimentos trágicos não conseguiram vergá-lo, parecia-se com aqueles dos retratos na parede; porém, não estático, movimentava-se com gestos premeditados, pensados para impressionar, intimidar o interlocutor que ousasse duvidar ou questionar suas palavras proferidas em tom de ordem. Guiava-se na certeza, inquebrantável, de que possuía poder de decisão nos negócios, nas vidas e nos destinos das pessoas que dele dependiam. Mais temido que respeitado, obcecado em deixar um herdeiro à altura de seu legado patrimonial, principalmente depois dos falecimentos do filho João Francisco e do neto Augusto; primogênito, o herdeiro natural, não poupava esforço e dinheiro para perpetuar as conquistas, que tanto o enchiam de prazer e orgulho.

A nora Guilhermina, acometida por desvarios emocionais, era tratada como um estorvo. O sogro construiu, no quintal da mansão, acomodações para isolá-la, mantê-la afastada do neto, para que seus delírios não influenciassem a natureza vulnerável do menino. Ela delirava, mantida no seu mundinho de lamentações, "Dorinha, Dorinha... Cadê você? Eu não fui mãe... Não fui." Chorava, esmurrava a cabeça, medicada com calmantes, por profissionais de saúde que a atendiam, diuturnamente; silenciava abraçada a uma boneca de pano, vestida de babado rosa, loira, cabelos compridos, olhos azuis. Dom Alfonso a culpava por não ser boa parideira, não aumentou a prole e ainda por cima deu à luz um fracote, de cuja capacidade ele desconfiava, para comandar e herdar o império financeiro, mas o transformaria em homem, custasse o que custasse. Nutria pelo garoto afeição comedida; no entanto, depois do falecimento do filho, passou a tratá-lo com mais rigidez, faiscava-o com olhadelas ríspidas, a menor escorregadela de comportamento considerava imprudência, incompatível com sua linhagem, e própria dos fracos.

Alfredo sentou-se na cabeceira oposta, em frente ao avô, com a proximidade comprometida pela enorme mesa, sobre a qual eram dispostas baixelas de porcelana, talheres, que o atrapalhavam ver com detalhes o velho, mas percebeu o sinal silencioso, ordenando que ele se sentasse. Após outro gesto quase imperceptível da mão direita, qual a um passe de mágica, a criadagem iniciou o cerimonial de servir a requintada refeição, com maneirismos elegantes. Sobre a toalha branca bordada, os pratos foram preenchidos com as iguarias. Num ritual sincronizado, os dois mergulhavam os utensílios de prata na comida e o levavam à boca. Cena muda, nem ruídos, nem palavras, somente as gesticulações condizentes a cada um, exercendo o seu papel: o patriarca, dono do poder absoluto que a fortuna lhe conferira; o herdeiro nascido em berço de ouro, aprendiz da arte de comandar; os serviçais, sem rostos, sem identidades, instruídos para obedecer. A atmosfera adensava-se, aumentando a sensação de abandono pelo vazio da cadeira, ocupada até poucos dias atrás, pelo homem que lhe lia livros na biblioteca familiar, fazendo-o acreditar no heroísmo conquistador, na nobreza de seus antepassados.

Ia longe o tempo em que compartilhavam, à mesa de jantar, João Francisco, Guilhermina, Augusto e Elisadora, num convívio entre o limite tênue do formal e o descontraído. O primogênito, sabedor de que a ele destinava-se o lugar de Dom Alfonso, imitava-o nos gestuais e expressões. Despertando nos empregados disfarçados risinhos, misto de deboches e cinismos; tais empregados continham-se na presença dos patrões, por obrigação de demonstrar simpatia e presteza ao herdeiro. Mas, na descontração do espaço destinado aos servidores domésticos, desatavam a gargalhar, e comentavam: "Viu o ratinho imitando o ratão? Até parece." Alfredo observava o irmão com inveja e ciúmes, pelas atenções recebidas dos familiares, pelas gentilezas, nas ocasiões festivas na mansão, quando era apresentado com orgulho, como o futuro mandatário das empresas. No entanto, sentia-se aliviado, desobrigado de cumprir as severas rotinas de preparação, para se tornar o poderoso homem de negócios. Com frequência esqueciam-se dele, que se aproveitava desse menosprezo para, às escondidas, brincar e sonhar em ser outra pessoa, vivendo em outros lugares, transformando-se em rei conquistador de mundos, igual às personagens dos livros lidos pelo pai.

Havia circunstâncias familiares de momentânea descontração, quando Elisadora, se atrapalhando com os talheres, apanhava o alimento que se lhe apresentava mais apetitoso com as pontas dos dedos e, sem cerimônia, colocava-o inteiro diretamente na boca. Ávida por experimentar o sabor, engasgava-se, provocando risos no pai, mãe e irmãos, mas o avô, mal disfarçando a vontade de rir também, repreendia-a com uma olhada. A caçula inquieta, aos quatro anos de idade, só obedecia a Dom Alfonso, mas, voluntariosa, usava de artimanhas infantis, alcançava seus intentos, dobrando-lhe a austereza. Ele interferia em demasia na educação dos netos, alertava Guilhermina: "Veja bem! Menina é diferente, pode ficar de paparicos. É mais sensível, chora fácil. Só precisa ser dona de casa, saber comandar um lar, nada mais. Se você não conseguir educá-la nesses moldes, vou providenciar um colégio. Apesar da modernidade dos tempos, de que não gosto, ainda existem uns bons, no velho estilo, mesmo que seja em outro país. Agora, os meninos não podem ser molengas, têm outra disciplina. Você não vai estragar meus netos, com mimos". O tom de ameaça velada a fazia tremer, desagradava-se, em silêncio, das atitudes do todo-poderoso.

Incomodada, percebia que o destino reservado à filha seria semelhante ao seu, educada na predestinação de ocupar um lugar que, no íntimo, não a satisfazia. Apegou-se à filha como tábua de salvação, fazia-lhe as vontades, agradava a ela, realizava os seus mínimos desejos, principalmente na ausência do avô e do pai. A menina corria para os braços protetores da genitora, que a recebia com acalantos e beijos, quando João Francisco lhe tentava pôr limites. A mansão habitada por vidas mensuradas, sufocadas, predestinadas, esvaziara-se. Ficou Alfredo que, aos doze anos, depois da morte do pai, abateu-se em solidão, agravada com o confinamento da mãe, na redoma da loucura, construída para isolá-la do convívio dele e dos demais. Ausentou-se do colégio, para não evidenciar, em público, a vergonha da sudorese incontida, que, progressivamente, aumentava. "Parece uma praga!" – esbravejava o velho mandatário refugiado no escritório da casa, reduto predileto. Ali, abrigado, fraquejava, afloravam seus medos recônditos, chegava a acreditar em maldição, depois recuava para não se aquebrantar, dando vazão à tristeza, mantendo a postura impoluta de impor respeito. Passava horas cismando, revirando memórias, mexendo em documentos, resmungando: "Tenho que prepará-lo, é o que me restou."

Aguentava firme, disposto a fazer de Alfredo um homem de verdade; providenciou professores para completar sua formação ministrando-lhe aulas particulares. Investia somas consideráveis em tratamento, pesquisas e remédios, o que se mostrava inútil, diante do insanável transpirar do menino. "Não acredito em pragas, são invencionices. Coisas são coisas." Falava sozinho, como se dialogasse com a pintura do homem de aspecto severo, que a ele parecia que lhe cobrava providências para a continuidade do clã, o que dependia do fracote. A ansiedade tomava conta do velho: "o tempo não espera na estrada" – aparentava-lhe dizer o quadro na parede. Ponderou sobre a necessidade de preparar o filho João

Francisco, de lhe revelar detalhes sobre o acúmulo das riquezas dos Menezes de Albuquerque. Alertá-lo a não encher a cabeça de seu neto, com histórias romanceadas, para não o amolecer ainda mais. Determinado no seu intento, certa tarde, levou-o ao escritório da casa, abriu um grande cofre pesado e antigo, uma relíquia secular, como quase tudo naquele lugar. "A realidade é dura, meu filho. Livros são livros, fatos são fatos." Escolheu, atentamente, algumas pastas etiquetadas por datas e nomes e, por último, uma caixa colocando-a, enigmático, sobre a mesa. Entregou os documentos, ordenou: "leia, depois mostro a você o que contém ali". Apontando para o objeto, continuou sem dar espaço para questionamentos. "Pare de colocar caraminholas na cabeça do meu neto. Há histórias que são para serem verdades, só para os outros. Para nós, não! Entenda, João Francisco, detalhes precisam ser omitidos. Ocultar fatos é necessário para dominarmos as verdades. As verdades são o que falamos, não os fatos. Fatos?... não importam."

João Francisco apanhou o material e encaminhou-se para a biblioteca, sentou-se na sua cadeira predileta, sorriu, maroto, não era o ingênuo, como o pai pressupunha. Aprendera que a ingenuidade é a mãe da astúcia, fazia-se de desentendido, aguardando o momento certo de agir. Almejava o lugar de Dom Alfonso, mas sabia das predileções dele. Mas, esperançoso, acreditava que, sendo filho único, o velho lhe passaria o comando, ainda em vida; ansiou que naqueles documentos, enfim, estivessem as diretrizes que lhe dariam a gerência dos negócios. Apressou-se a ler os papéis amarelecidos, inteirava-se dos relatos das maroteiras, perpetradas no passado por seus parentes remotos, navegadores aventureiros. Ele entendia que, para conquistar, manter, ampliar e dominar o poder, a família utilizava-se de alguns ardis; o que lia eram verdades torpes e abjetas, sem fidalguia, sem nobreza e sem heroísmo. O maior desaponto o atingiu, ao certificar-se de que o império econômico financeiro fora destinado a Augusto. Frustrado, retirou-se para o quarto, que já não compartilhava com a esposa louca. Queimava por dentro cada palavra lida, ele desejou sumir, atear fogo em tudo. Deitou-se na cama de casal, abraçado aos alfarrábios, como que se conectando com as inúmeras mortes ocasionadas pelos seus; um misto de emoção o abateu, sentia como se os seus órgãos internos fossem sair pela boca.

Olhos arregalados olhando o teto, temeu saber o que ocultava o estojo que Dom Alfonso havia colocado sobre a mesa do escritório. Desenlaçou-se dos papéis jogando-os com fúria para o alto; esses papeias, ao atingirem o teto, caíram sobre ele, como se os corpos vitimizados no passado o soterrassem, sufocando-o. Na manhã, foi encontrado inerte, olhos esbugalhados, escorrendo no canto da boca uma espuma branca gosmenta, entremeada por dois finos filetes de sangue. O falecimento de João Francisco, sem causa aparente que justificasse a parada simultânea dos órgãos vitais internos, como foi atestado, abalou o ceticismo de Dom Alfonso. Pairavam sobre os membros do clã fatalidades, que esbarravam na coincidência e no mistério. Sendo o único conhecedor do teor dos manuscritos e do conteúdo da caixa, sempre considerou que a maldição rogada aos seus ancestrais, conquistadores dos povoados dominados, não passava de sandices, prova de ignorância. Argumentava, de si para si, com frequência, como um mantra de autoconvencimento: "Isto só comprova o misticismo atrasado de um povo inculto que merecia ser subjugado, nada mais." No entanto, acautelou-se, receoso de que outro imprevisto qualquer viesse a interromper a trajetória do seu herdeiro, esperaria o momento certo para as revelações, tratou de guardar a relíquia num grande banco, os alfarrábios no velho cofre.

Porém, o tempo não espera na estrada. Encurvava, enrugava-se. O mundo se reduzira aos dois, Alfredo e Don Alfonso, jantando em silêncio e, depois, ensimesmados, o neto na biblioteca e o avô no escritório. Quando as rugas já lhe impregnavam a face, cobrindo inclusive a pálpebra, o velho morreu, sem revelar, por temor, o que havia exposto a João Francisco. Encontrado debruçado à mesa do escritório, onde tudo era antigo, fluía dos lábios ressequidos, encarquilhados, abundante baba branca gosmenta, dois intrigantes filetes de sangue, como rios espessos, escorrendo em paralela por sobre o móvel de carvalho, desgastado pela ação dos imemoráveis anos de uso. À custa, conseguiu o intento, transformara Alfredo num homem de negócios, garantindo a continuidade do império econômico dos Menezes de Albuquerque, mas não o livrou da inconveniente disfunção das glândulas sudoríparas. Duvidando da competência do último dos varões, o astuto ancião elaborou testamento com instruções pormenorizadas. Com o falecimento do patriarca, o legítimo e único herdeiro da incontável fortuna jantava só, em companhia dos retratos dependurados na parede da sala de jantar.

4. Legado de Maréia

> O que se deseja é mais forte,
> quando se crê na capacidade
> de mudar uma realidade.
>
> *– Maria Dorotéia Nunes Santos*

Maréia acordou cedo, realizou a revisão em seu carro, certificou-se de que estava tudo em ordem; era uma longa viagem, preferia dirigir em vez de ir de avião. O confortável veículo cor prata, sete lugares, porta-malas amplo, além de tornar o trajeto agradável, comportaria sem apertos a bagagem, os vários pacotes e o inseparável violoncelo. Acomodou-se ao volante, mal continha a ansiedade para contar as novidades e matar as saudades com abraços carinhosos, sorrisos, comidas e músicas. Antecipava o reencontro, certamente ela tocaria flauta, Tânia, sua mãe, pontearia a velha viola de sete cordas, Caciana, sua tia, versátil no cavaquinho, as acompanharia, vó Déia, com sorriso de satisfação, iria ritmando com palmas sincopadas, formariam de improviso um conjunto musical só de mulheres, dialogando num chorinho. A música inundaria o quintal, o quarto, a cozinha e a sala de estar, como nos velhos tempos, quando Marcílio, o avô, e Dorival, o pai, na ocasião dos períodos de folga da Marinha do Brasil, voltavam das longas viagens de patrulhamentos das costas brasileiras. Era um convívio repleto de prazer, tínham por perto os dois únicos homens da casa, ainda que por um período que passava muito rapidamente, pois as chegadas eram sempre um prenúncio de partidas. Ela aproveitava ao máximo a breve permanência deles, com uma curiosidade afoita para abrir os inusitados presentes, e ouvir as aventuras de mar e navios.

Ao final do dia, reuniam-se na varanda, de onde se avistava a baía da Guanabara "um cenário de pôr de sol, que misturava o vermelho do céu ao azul do mar" e dedicavam-se a contar causos. Ouviam-se os sorrisos e gargalhadas, incitados pelas minúcias mais hilárias, viam-se os rostos emotivos, quase em lágrimas, pelos detalhes mais dramáticos. Ela sentada, ora no colo do avô, ora no colo do pai, deliciava-se com as histórias; porém, carinhosamente a retiravam do ambiente quando os relatos envolviam aspectos mais picantes, com pormenores de relacionamentos amorosos e sexuais, mas, curiosa, esforçando-se por entender o sentido da conversa, ficava de longe, atenta aos murmúrios e risos maliciosos. Ao anoitecer, quando todos se ausentavam e o silêncio da noite era irrompido pelo ronco das ondas batendo nas rochas, Dorival e Tânia, abraçados, sentados na namoradeira de madeira, apreciavam o cenário e, acariciando-se, matavam a saudade. Os avós recolhiam-se ao quarto principal da casa, preenchiam meses de ausência, tocavam-se com mãos sôfregas, os corpos coladinhos aqueciam-se, espantavam a friagem da cama de casal, ocupada, quase sempre, só pelas lembranças de Dorotéia, que havia muito se acostumara a dividir seu homem com o mar. "Tem jeito, não. Ele tem dois amores, eu e a rainha do mar, que o rouba sempre. Ainda bem que ela deixa o mais gostoso pra mim, que sou de carne osso e algumas curvas."

Marcílio adorava contar a saga cheia de façanhas dos homens da família, fascinados por aventurar-se nas águas, uma paixão desde imemoráveis tempos. Ele repetia fatos para não serem esquecidos e se perderem; às vezes, reticenciava ou acrescentava um novo aspecto. "Pensa que a vida de marinheiro sempre foi assim? Foi, não. Não mesmo!" O modo peculiar de descrever prendia a atenção dos ouvintes. "Nos tempos da armada imperial..." – interrompia-se, numa longa pausa, a religar os vários fios partidos, o olhar perdia-se nos contornos da baía de Guanabara, como restabelecendo elos, levado só pela força dos pensamentos, como correntes marítimas. Reorganizava memórias ouvidas, vivenciadas, reavivava memórias que se apagavam nas memórias alheias; às vezes, as palavras emudeciam, os olhos marejavam. Depois de matutar, simpático e tagarela, narrava. "Quem é das águas, delas, não se perde. Nelas, acha sempre o caminho, navegando no sentido horário ou anti-horário, dependendo de aonde se quer chegar. Saber tocar o barco, aguentar o leme nas tempestades e fortalecer os músculos... Já falei das Casas dos Zungus e da Tia Fé? Falei ou não falei?" Perscrutava os rostos atentos, curiosos, às histórias inéditas para alguns, particularmente as crianças, que mal se continham para saber o desenrolar da conversa; os que já conheciam o enredo da prosa ansiavam por novos detalhes.

No período em que ficava em terra, a casa estava sempre povoada de amigos e parentes, plateia ideal para suas narrativas, que para uns pareciam histórias de marinheiro, fanfarronices divertidas. "Minha gente! Nem tudo é como contam e como vocês leem nos livros. Todos querem um lugar de herói, mas nem todos são heróis e nem bandidos. Tem um pouco de tudo e de tudo um pouco em cada um. Dependendo de quem conta... Já viu, né? Aumenta-se um ponto ou inventam-se vários outros. Sabe como é? Eu falo o que ouvi dos meus mais velhos, que ouviram dos seus, que ouviram dos outros... E assim vai. Quem são os meus?" Não esperava resposta e já emendava a prosa. "Lá, naqueles tempos, vocês sabem quais, existiam as quituteiras, que faziam comidas e vendiam nos mercados e nas feiras. No final do dia ou da semana, tinham que dar um tanto do arrecadado aos seus patrões, chamados e tratados de senhores, donos dos outros. Bom, com astúcia, guardavam um pouco, com essas economias compravam casas nos arredores, estabeleciam um ponto fixo de vendas, chamados de Casas dos Zungus. Existiam várias casas, que se agrupavam ao redor dos pontos de circulação e comércio, um caldeirão no qual fervilhavam vozes e trajetórias várias, criando-se laços de amizade e de compadrio, uma trama defensiva. Naquele tempo, dentro da capital do Império, formou-se verdadeira cidade negra, com regras próprias de convivência, cumplicidade e afetividade, onde era possível cultuar os deuses sagrados."

Falava com cuidado, suprimia as palavras que tivessem conotação pejorativa, valorizava as recordações de persistência, resistência, superação cotidianas, dos seus antepassados que tiraram da desventura a aventura. "Nos zungus, comia-se o angu feito de fubá, peixe ou camarões, cozinhados em panelonas e mexidos com colher de pau." Ao constatar que prendia a atenção, aprofundava-se nos meandros labirínticos da narração. "Então, a tia Fé comprou sua alforria vendendo angu no mercado, abriu uma Casa de Zungu, no Beco do Cotovelo, perto da estação das faluas. Era uma negra mina, alta, magra, bonita, bem-falante, sorriso aberto, deixando à vista os dentes alvos, turbante de musselina ornando a cabeça, usava um pano longo, listrado em cores brilhantes, cruzados sobre os seios. Ótima quituteira, as comidas atraíam homens e mulheres de diversos lugares, a Casa de Zungu da tia Fé era animada, tocavam-se músicas em instrumentos improvisados, faziam-se cantorias, dançava-se ritmando com palmas. Ali, misturavam-se diversas línguas maternas e entre os frequentadores havia de um tudo: os fugitivos, que escapuliam do trabalho ingrato forçado; os alforriados, que pagaram pela liberdade ou a receberam por testamentos lavrados; os de ganho, que saíam para mercadejar ou exercer outros ofícios, ficando com parte do dinheiro; os de aluguel; os fugidos; os que, na condição de cativo, em breve escape, buscavam distração e alívio."

Ele entretinha as pessoas com sua falação, enquanto Dorotéia, Tania, Caciana e outras mulheres entusiasmadas preparavam o angu cozido com peixe, camarões e frutos do mar. Da ampla cozinha, localizada estrategicamente bem no centro da casa, exalava o aroma agradável de alimentos condimentados, que aguçavam o paladar antecipando o prazer da degustação. O terreno, em declive inverso ao nível da rua, totalmente murado, protegia os moradores dos olhares externos, exibia uma arquitetura peculiar, que, ao se transpor o alto portão de ferro, deparava-se com a dimensão espaçosa dos cômodos. No primeiro plano ficava a sala, com um grande *hall* de entrada, que dava acesso aos quatro quartos e demais cômodos da casa. Por uma das portas, depois de descer três degraus, adentrava-se a cozinha, onde a magia da transformação do alimento se realizava. As duas amplas janelas possibilitavam excelente luminosidade, além da visão privilegiada da baía. Dali, Dorotéia escutava e observava, embevecida, o sargento Marcílio, homem doce que esbanjava compreensão e ternura; em seu coração habitava a senhora das águas salgadas, mas, igual ao mar em tempestade bravia, sabia ser duro quando precisava. "Vamos lá, minha gente, pausa para encher a boca de comida e alimentar o corpo para ouvir melhor esse marujo que fala como correnteza solta. Mas eu gosto." Déia bem-humorada interrompia-o, roçando levemente os lábios do homem amado. "Vamos lá, sirvam-se! Primeiro, as crianças. Com esses olhinhos ávidos, dá pra ver que estão famintas." As grandes panelas, pratos e talheres, levados para a varanda, como um mutirão de solidariedade, foram colocados sobre uma bancada, que fazia as vezes de mesa. "E, então, meu sogro, aqui parece a casa dos zungus. Hein?" – gracejava Caciana, alegre com a convivência familiar e dos amigos, que compensava a difícil infância, onde silêncio, solidão e medo imperaram, sob a égide de um pai austero e uma mãe submissa. "Quando o senhor retorna do mar, isso é uma festa, a gente aprende muito, um discurso e tanto, vale um curso completo e ainda ao ar livre." Marcílio levando uma porção de alimento à boca: "Esse é o nosso zungu, comida, pessoas amigas e respeito. Tenho histórias para contar, da Casa do Zungu da tia Fé, que falam isso... Mas, no momento, vamos apreciar o zungu da Dorotéia."

Os que participavam da animada reunião, homens, mulheres e crianças, sentiam-se vivificados, com as lembranças guardadas na memória do tempo e no ventre do mar, narradas pelo velho marinheiro, que ostentava um colar de contas azuis para amainar o desejo de voltar para o mar. Os longos períodos em terra firme deixavam-no desconfortável. "Sou uma espécie marítima, gosto do balance, balance, como os meus. Tenho, até, o mar no nome Mar-cí-lio, minha neta é a soma do líquido e do sólido, mar e areia, Mar-é-ia." – soletrava pausadamente. "Eu sou cabinda." – afirmava com convicção; ninguém ousava discordar, se pairasse alguma dúvida, entenderiam como agradável conversa de marinheiro. "Sabe como é? Lá, em outras terras, naqueles tempos, o meu povo já trazia a tradição da lida com embarcações, pescas, travessias de rios e de mares. Aqui fomos forçados a fazer de um tudo, mas o que se é não se esquece, fica registrado no corpo, na pele, na mente. Além do mais, o que somos é regado pela força da palavra cochichada, como aqui no nosso zungu. Nem tudo se resolveu com confrontos diretos matando ou morrendo, certo é que matamos e morremos, mas não só. Essa baía aí era o maior vai e vem de barcos, que levavam e traziam toda sorte de mercadorias e pessoas. Os que traquejavam as embarcações, mestres, remadores, carregadores, na sua maioria eram negros de ganho, cabindas, monjolos e benguelas."

Gesticulando, apontando para a baía, como se as personagens saíssem de seu relato, criassem vida e estivessem circulando por ali. "Entre uma ida e uma vinda, camuflavam, entre a carga dos barcos, os evadidos das fazendas; ao anoitecer os conduziam pelos labirintos das ruas, vielas e becos, até a casa da tia Fé, o esconderijo perfeito. Alimentados, vestidos, calçados com roupas e sapatos, doados ou roubados, passavam por libertos. E tem mais: numa verdadeira confraria, estabelecia-se rede de informações e resistência, juntava-se dinheiro dos que recebiam pelo trabalho, uma parte era usada para alforriar um cativo, outra era destinada para pagar os falsificadores de cartas de alforrias, bem como documentos de compra e venda dos fugidos, para apresentá-los como propriedade dos libertos, evitando que fossem capturados quando circulassem pela cidade. Veja bem como os nossos antepassados foram astutos, souberam usar artimanhas para driblar os abusos dos autointitulados proprietários de pessoas, que nos escravizaram e ainda obtinham lucros, a preços exorbitantes, taxando a liberdade que, diga-se de passagem, é direito de todos."

    Maréia atenta, o coração leve, as recordações de infância quando o pai e o avô ainda eram vivos a acompanhavam na estrada. As notas musicais da orquestra de Glenn Miller, que saía do áudio do carro, faziam-na se sentir numa cena dos clássicos filmes românticos, a que tanto assistira na companhia deles, nos momentos felizes de convivência familiar. "O mar os levou." – falou alto para afugentar o sentimento de doce tristeza e uma lágrima que nascia teimosa, ao mesmo tempo que trocava o CD. A voz rouquenha de Louis Armstrong, seu instrumento de sopro, num dueto com Ella Fitzgerald, enchia-a de nostalgia, enquanto as rodas do veículo, atritando o asfalto, venciam a distância. "Não vamos lamentar. Viveram no mar e no mar ficaram. Mar é o reino líquido que resguarda muitos de nós" – na ocasião, disse à avó, consolando-se, driblando a frustração de não ter os corpos para velar. Repetia quando a saudade dos abraços vinha assombrá-la: "Viveram no mar e no mar ficaram," Restou da vida deles o silêncio, com relação à circunstância da morte acidental e à versão oficial de sacrifício em defesa da pátria, acompanhada de indenização substancial, uma pensão vitalícia, outorgadas na solenidade de entrega realizada pela Marinha. "Tocar a vida sem sofrimento" – falava a matriarca. "Não mais esperas, não mais chegadas, não mais partidas. Não mais!" Guardou a dor da ausência para as noites na cama solitária.

Apreciando a vista, imaginava-se numa dança, na qual ela conduzia o parceiro carro, com firmeza e suavidade. Mesmo com a presença de neblina em alguns trechos, deleitava-se no prazer de dirigir, como quem comanda seu próprio destino, na sinuosidade do caminho, curvas acentuadas à esquerda e à direita, que corta o verde da Serra das Araras. Era começo de tarde, a viagem terminava, não estava cansada, apesar do longo percurso; resolveu ir pela orla, embora a avó, a mãe e a tia a aguardassem, com certeza, ansiosas. Precisava fazer algo importante, procurou um lugar de praia tranquilo, estacionou, pegou no banco traseiro a flauta, uma miniatura de barco talhada em madeira. Sentou-se na areia, remexeu o conteúdo na bolsa, retirou dois bilhetes, um para o avô e outro para o pai, leu em voz alta como quem reza. Após arrumar com delicadeza, no barquinho, as cartas, pétalas de flores e velas, tocou o Réquiem aos Marujos, melodia que estava compondo para homenageá-los. Maréia expressava o amor, aliviava-se da saudade e do peso da orfandade, o som que produzia harmonizava-se com o marulhar das ondas. Colocou o pequeno barco enfeitado na água, observava as ondulações o levar mansamente, até ser arrastado por uma correnteza mais forte e afundar, carregando suas mensagens para o fundo.

Hipnotizada, olhando o ponto em que ele sumira, murmurou trecho do bilhete que escrevera. "É preciso reaver os nossos pertences, tragados pela ganância alheia. É preciso nos devolver a nós mesmos, como o senhor dizia, vovô. O senhor e o papai não puderam ficar, a senhora das águas os requisitou antes. Mas, como diz vovó, não temos que lamentar." Ela se referia ao enigma sobre a existência de um objeto-símbolo, que era mencionado com frequência na família, num detalhe aqui outro ali, pistas insuficientes para montar aquele quebra-cabeça. Contava-se que o tal artefato teria vindo para o Brasil no tempo do Império, sem detalhar a proeza de quem o havia trazido, e como. As informações imprecisas davam conta de que fora enterrado por um cativo em uma fazenda, num local que, às escondidas, pudesse reverenciá-lo, sempre que por ali passava. O objeto foi desenterrado pelo capataz e entregue àquele que se dizia dono da terra, pouco tempo depois, patrão e empregado morreram misteriosamente, espumando pela boca, com filetes de sangue misturados a uma baba branca e gosmenta, foram encontrados perto do riacho em estado de putrefação. O escravizado evadiu-se das terras dos Albuquerque, apareceu na casa da tia Fé levando a peça, para tornar a sumir em paradeiro desconhecido.

Quando Maréia tentava por inúmeras vezes inteirar-se sobre a história do objeto-símbolo, vó Déia, ao perceber a curiosidade da neta, astutamente desconversava, resguardando o segredo. "Aquilo que nos pertence continua sendo nosso, mesmo não estando em nosso poder. A cobrança sempre chega, de uma forma ou de outra. Sempre chega!" Sentada na praia, absorta em pensamento, perdeu a noção das horas, se deu conta do tempo transcorrido ao perceber que a luminosidade do sol se transformara em festa de cores ao cair da tarde. Levantou-se, levou as duas mãos à altura da cabeça em direção àquela imensidão, suspirou profundamente e entregou-se toda àquela beleza do céu, do mar, da areia e da luz. Fez uma última saudação, estava plena, fortalecida; a essa altura, as mulheres estariam apreensivas com a sua demora e falta de comunicação. Rumou para Santa Tereza, disposta a quebrar a barreira do silêncio, decifrar o que parecia envolver o destino da família. Ancorou-se na certeza de obter da avó, que se recusava a informar, mas, numa frase alusiva, entrevia-se indício de que o tal artefato poderia estar próximo. "Quando se pensa que a coisa está longe, está muito mais perto do que se pensa. E aqueles que se acham donos, vivem em tormenta, nem sabem o porquê; se sabem, fingem não saber. Não, não é praga. É o que tem que ser."

Chegou, abriu o portão de ferro, entrou, foi recebida com um abraço coletivo de boas-vindas, a avó, mãe, tia a bombardearam com perguntas simultâneas. "Por que demorou? Você veio dirigindo? Dirigiu o tempo todo? Está cansada? O carro deu problemas? Onde estava? Quer matar a gente de aflição? Quais são as novidades? Passou, enfim, no teste para a filarmônica? Por que não falou nada por telefone? É para viajar? Vai embora do país? Você não vai? Vai?" Sem esperarem resposta, vieram os elogios. "Está linda! Bonito o carro novo!" Sufocada por indagações e afagos, falou: "Calma, mulheres da minha vida, suas perguntadoras, ajudem-me a trazer a bagagem. Quero comer o zungu da vó Déia, depois conto, tim-tim por tim-tim; afinal, a prosa é o forte da família. Ah! Além dos mimos, trouxe a flauta, o violoncelo; mais tarde, vamos nos divertir tocando. Estou feliz pela acolhida e pelo carinho, mas por ora preciso de um banho e de descanso."

5. ACEMA

> Põe-me as mãos nos ombros...
> Beija-me na fronte...
> Minha vida é escombros,
> A minha alma insonte.
>
> – *Fernando Pessoa*

Na biblioteca da mansão, seu refúgio desde a infância, Alfredo permanecia horas, na cadeira-trono, segurando um grosso livro de história medieval, aberto na página que estampava o retrato do senhor de Castela. Com um olhar vago, semblante ausente, mirava fixamente para a ilustração, não faziam sentido as histórias que ouvira do pai, já não era mais aquela criança que acreditava. Não se sentia seguro, nem confortável no papel de mandatário; com o falecimento do avô enfrentava novos desafios. Ser educado, instruído e treinado para comandar sem demonstrar a menor hesitação não foi o suficiente para anular as suas indecisões. A morte de Dom Alfonso, a princípio, trouxe-lhe alívio, livrando-o da convivência daquela presença austera, que o inquiria com relances de olhar. Enganou-se, o patriarca o perseguia, certificou-se de que os desígnios dos negócios seguissem sua vontade soberana, mesmo depois de morto; astuto, impediu que o neto tomasse quaisquer decisões ou iniciativas que contrariassem o testamento. O baluarte das indústrias Menezes & Albuquerque, figura prestigiosa nos ciclos sociais e financeiros do país, foi homenageado na cerimônia fúnebre com discursos cheios de lamentações e chavões. "Abandonou-nos tão cedo" – diziam, o que soava irônico, devido à idade avançada do falecido. O único parente e herdeiro simulava tristeza, dissimulava o incômodo, causado pelos olhares desconfiados dos investidores e funcionários descrentes da sua capacidade em manter o funcionamento das indústrias das quais dependiam.

Após o velório, inteirou-se das restrições testamentadas que o impediam de realizar investimentos ou mudanças estruturais. Ficou com raiva, o velho continuava a controlá-lo, assombrá-lo, atormentá-lo, engendrou um plano perfeito que demonstrava o descrédito na sua capacidade, mesmo não estando mais no mundo dos vivos, parecia estar ali, dizendo com rancor e resignação: "Você, o único que me restou. Bisnetos? Com certeza não me dará. Quem se casaria com alguém que é uma bica humana? O único que me restou será o responsável por tudo que amealhamos. Fazer o quê? Vai ter que se esforçar muito, mesmo assim... sei não. Vou dar um jeito, se deixar em suas mãos, perderemos tudo com certeza." Impotência e solidão acompanhavam Alfredo, dia após dia; vagava taciturno pela mansão vazia, tudo o sufocava, o silêncio, as mobílias, os quadros nas paredes. O ar não circulava naquela casa, o cheiro de mofo impregnava, por mais que os inúmeros empregados se desdobrassem em turnos incessantes para eliminar o odor, manter a limpeza e a ordem.

Carente de afeto, necessitando de abraço, palavras carinhosas, um dia adentrou a redoma da loucura, onde Guilhermina vivia confinada; ela, com o olhar ausente, não o reconheceu como filho. Segurando-o com força, implorava com voz chorosa: "Cadê Dorinha? Onde você escondeu ela? Cadê?", agarrando-se à loira boneca de pano, já puída pela ação do tempo e pelo manuseio descontrolado. "Você está aqui. Filhinha, minha filhinha!" Acalmava-se, cantando canções de ninar. "Dom-dom-dom. Senhor capitão. Soldado ladrão. Quem foi que roubou o pão? Dorinha! Dorinha!" Sem conectividade com a realidade, reclusa no seu mundo de culpas, lamentando a perda da filha, nem notara a morte do sogro. No dia seguinte, foi acometida por um surto de descontrole, esmurrava o peito, batendo a cabeça repetidas vezes na parede. Alfredo acordou com gritos e o corre-corre da equipe médica, que diuturnamente a atendia; apressado desceu as escadarias de pijama, encharcado pelos suores noturnos, deparou os profissionais segurando-a com firmeza, tentando conter a fúria autodestrutiva. Os aventais brancos, as paredes, manchadas de sangue, ela aos gritos. "Dorinha! Dorinha! Cadê você? Foram vocês? Não. Foram eles. Foram eles" – apontava para o nada, tentava atacar o vazio. "Sai daqui!" – gritava ameaçadora. "Vieram do passado para se vingarem dos seus... Dorinha! Dorinha! Levaram minha bonequinha! Vieram do passado... Foram eles... Foram eles... Sempre eles. Não tive culpa... Não tive. Não matei ninguém... Não raptei ninguém... Devolvam minha Dorinha!" Possuída por força descomunal, gritava, debatia-se.

Medicada, restringida ela dormia, um curativo cobria o corte profundo no supercílio, hematomas na região craniana que, segundo a afirmação do doutor Wlade, poderiam ter causado danos cerebrais irreparáveis, agravando o estado de saúde, ocasionando ataques como aquele, ou piores, podendo ser fatal. Alfredo nunca havia presenciado uma manifestação da enfermidade tão violenta e desesperadora. Admirou a ação precisa do setor médico particular, mantido nas dependências da casa, o único para o qual o avô não esmiuçara restrições em testamento, que fazia parte da enigmática ACEMA – Assuntos Especiais e Cuidados aos Menezes de Albuquerque –, com atuações tentaculares que se assemelhavam às de um gigantesco polvo mitológico, estendendo-se em infindas direções, nacionais e internacionais. Estrategicamente, a cabeça pensante era sediada na mansão, numa edificação contígua, erigida em padrão neocolonial, baseada no estilo do velho casarão, que camuflava em seu interior surpreendente sistema operacional informatizado, tecnologias com equipamentos, computadores, telas de última geração. Certa vez, ainda menino, adentrou no local e deparou a parafernália eletrônica, que parecia saída de um filme de ficção científica; surpreendeu-se, ficou fascinado com a diferença das mobílias do interior da casa. Assustou-se, quando a velha "martinha", tocando-lhe o ombro, sinalizou para ele se retirar, temerosa de que o avô flagrasse a intrusão, repreendendo-o austera e duramente, como de hábito.

ACEMA, poderosa como um monstro voraz, insaciável, sequiosa de poder e mais poder, fortuna e mais fortuna, empregava profissionais com expoente de genialidade, fomentava a ganância, concedendo-lhes invejáveis salários, fúteis regalias, comprando o silêncio e dedicação idólatra. Nessa estrutura administrativa, Alfredo, um mero fantoche, cumpria formalidades, com sua presença elegante, vistosa, gentil e educada. Cada letra da sigla designava uma área específica de ramificações de negócios, estendendo-se em articulações políticas financeiras intricadas, abrangendo diversas escalas de poderes. Sob a designação da consoante **M**, concentravam-se os históricos das moléstias, mortes que por gerações afetavam os dois clãs, os Menezes e os Albuquerques, fadados ao extermínio doloroso, lento e inexplicável. Documentos sigilosos, minuciosamente, relatavam as pesquisas obstinadas, para livrá-lo da hiperatividade das glândulas sudoríparas. Alienado da realidade do mal hereditário, ele nunca compreendeu os meandros da enfermidade, afligia-se com as aplicações de injeções às quais fora submetido, desenvolveu temor às picadas, antecipava-se à sensação dolorosa das agulhadas, o que aumentava a transpiração. O tratamento foi substituído por cápsulas amargas que, além de não surtir os resultados esperados, tornou seu paladar vulnerável para sabores agridoces, levando à elaboração de nova fórmula, mas incluía efeitos colaterais indesejáveis; ao tomar conhecimento dessa possibilidade, a despeito dos riscos eminentes, ansiava se submeter ao novo tratamento.

Muniu-se de esperança, ousou sonhar em ter um filho, um herdeiro para o império, mas, apesar de sua impaciência, o doutor Wlade, na face pálida, exibia sinais de preocupação, relutava, protelava em aplicar-lhe os procedimentos, antes de dirimir os possíveis efeitos adversos. O herdeiro, aguardando os resultados, concentrou a atenção nas atividades, sob a designação da vogal **E,** que concentrava instituições e fundações culturais de aparente caráter filantrópico, pertencentes aos Menezes & Albuquerque, mas que recebiam vultosos financiamentos e doações de coligadas, numa intricada articulação com projetos sociais que geravam grandes lucros. Dom Alfonso, habilmente, talvez para aguçar a tenacidade do neto, havia ocultado no organograma um enigma, que lhe possibilitaria com alguma autonomia dispor de parte considerável da herança. Não obstante a rigidez patriarcal, apostou que o fracote venceria o desafio, encontrando o caminho para exercer, com reserva, o poder, revertendo o imobilismo do papel de mandatário de enfeite, mas sem ingerência na esfera maior de decisão. Sentiu-se vitorioso; ingênuo, considerou que a saída encontrada driblava a vontade do avô, uma presença onisciente, que o impedia de exercer suas aspirações, prendendo-o em meandros jurídicos. Agarrou-se a essa oportunidade, preenchendo sua solidão, tentando se livrar do sentimento de nulidade que o corroía, analisando as propostas que chegavam em grande número.

Independentemente das finalidades dos projetos, ele os patrocinava, alimentava sua vaidade com as dedicatórias, em que lhe agradeciam como grande benemérito. Inebriava-se com a sensação de interferir nos sonhos e anseios alheios; mesmo não sendo o soberano da Menezes & Albuquerque, brincava de comandar, causar alegrias com o acatamento, decepções com as recusas. Não mais vagava sem rumo pelos cômodos da mansão, envolto em lembranças, sob os olhares estáticos dos homens-retratados, que simbolizavam a soberba, expostos na parede da sala de jantar, que se autodenominavam superiores; por uma lógica biológica natural, exerciam o lema, passado de geração a geração. "Há os que vieram ao mundo para mandar e serem servidos, e os que vieram para obedecer e nos servir. Essa é a lei da humanidade." Com o intuito de garantir a perpetuação, assegurando o caráter imutável e intransferível de poder, do topo da escala social, utilizavam-se de recursos, muitas vezes inescrupulosos, criando mecanismo impeditivos. Ao decidir sobre a quem destinaria as verbas, Alfredo sentia-se prestigioso, pertencente àquela presunçosa galeria, deleitava-se ao ver as solicitações, que se amontoavam na escrivaninha. Dispensou a ajuda de secretária, organizava pilhas por setores, fechava os olhos e, aleatoriamente, escolhia uma pasta, divertia-se outorgando-se o papel de senhor dos destinos. Com empáfia, tentando imitar Dom Alfonso, pronunciava em voz alta: "Eu lhe concedo."

Brincava de deus todo poderoso, mas o estado de saúde agravado de Guilhermina atrapalhava o seu prazer. Os sedativos ministrados em doses elevadas não conseguiam impedir, os apelos agônicos dela, que afrontavam o isolamento acústico da redoma da loucura, reverberavam para fora do confinamento. A lenga-lenga monótona, enlouquecida, da progenitora o desconcentra, quando ele se desligava da realidade frente àquela pilha de folhas impressas. Desejou que ela morresse, todos faleceram, ela insistia em atormentá-lo, aumentando a solidão e o abandono, atrapalhando o único momento que conseguia se sentir importante. Chamando pela irmã falecida, ela, desarrumada, não permitia que as "martinhas" a banhassem, trocassem, penteassem, parecia com a boneca que agarrava, não deixava que a tirassem, mordia, chutava qualquer um que se aproximasse. Descontrolada, gritava. "Proteção... Proteção, me proteja, Dorinha." Contida à força, medicada, entregava-se, sem paz, a um sono agitado.

Um dia, enraiveceu-se, empurrou as pastas esparramando-as pelo chão. Aparvalhado, sentou-se em meio àquela bagunça, tapou os ouvidos, numa atitude inútil, os gritos de lamentos, que o ensurdeciam, na verdade provinham do fundo de sua vida reprimida, atingindo no íntimo, afetando-o profundamente. Refreou a vontade de gargalhar, chorar ao mesmo tempo, o suor encharcava as roupas, molhava a papelada. Sentiu um espasmo lhe percorrer o corpo, a boca se inundou com saliva amarga, desesperou-se com a sensação sufocante de afogamento, cuspiu a incômoda baba, querendo se libertar do amargo despropósito de sua existência. Como num filme em câmara lenta, a gosma expelida traçou uma curva elíptica, precipitando-se sobre uma das propostas cuidadosamente acondicionada em brochura. A capa plástica, preta e vermelha, protegeu as ideias ali registradas, contra o apagamento que aquela enxurrada de humores descontrolados poderia ocasionar. Refreando o asco e o prenúncio de outro vômito, limpou a substância viscosa, leu em voz alta o título do projeto: "Réquiem à marujada – vozes que nos habitam – duetos e solos de flauta e violoncelo". As especificações eram ambiciosas, previam um financiamento considerável pelo período de dois anos. O custeamento de quarenta músicos, maestro, equipe de apoio, equipe de som, luz, cor, equipamento de cenário, apresentações em teatros municipais das importantes capitais do país. Alfredo, molhado, sujo de catarro, fez pose de pretensa fidalguia, num cenário asqueroso, um verdadeiro caos, impregnado de suor e cuspe, impostando tom senhorial, pronunciou de si para si: "concedo". Soou desolador, como um gemido de criança com prisão de ventre. Sorriu como menino mimado, possuidor de inúmeros brinquedos.

    O odor nauseabundo impregnava o ambiente, Alfredo ensopado, incomodado, com as roupas grudando no corpo, empalideceu, sentindo uma pontada aguda, como facada, penetrando-lhe no ventre; com uma impetuosa sensação de desmaio, vomitou novamente. Cambaleante, abandonou o recinto, ordenou que limpassem a bagunça e jogassem tudo no lixo, dirigiu-se ao quarto carregando a pasta sobrevivente, lançou-a sobre a cama. Despiu-se, banhou-se com a temperatura da água quase escaldante a lhe fustigar, causando vermelhidão na pele clara; a dor que experimentava com essa imprudente façanha denotava a desesperada procura pelo calor de um abraço afetuoso. Vestiu-se, desceu as escadarias de mármore, rumo à sala de jantar, onde só, sob os olhares estáticos e inquisidores dos quadros na parede, jantaria. Na manhã seguinte, pediria que providenciassem os trâmites necessários, informando aos beneficiários sua benevolente ação social.

6. Clave em Sol

> O que somos está guardado
> Na memória do Tempo.
> O Tempo não esquece.
>
> – *Ibiácy do Pífano*

Prenunciavam-se mudanças em sua vida, as incertezas, ora ou outra, preocupavam-na, mas, naqueles dias de volta ao ninho, no convívio com a mãe, vó, tia, Maréia recarregava as energias, fortalecida, acarinhada por três colos, três abraços, três corações, três pares de olhos que a fitavam com ternura, cercando-a de afeto, mimos. Elas eram seus esteios, três bocas para repreendê-la quando vacilava, comprometendo os seus sonhos e projetos. "É, somos assim mesmo, filha, vamos tocando a vida, assim como tocamos nossos instrumentos. Vamos dedilhando, soprando, batucando, tirando o melhor som, que nos realize por dentro e por fora. Vamos dando sentido ao viver, vencendo as agruras que nos afetam, não são poucas", disse-lhe Tânia, com docilidade materna e ternura na voz, enquanto apreciavam a luminosidade incidindo nas ondas da baía, saboreando as deliciosas iguarias preparadas por Déia. Ao perceber o alívio da tensão da filha, saudosa, recordou Dorival, quando se sentavam na namoradeira de madeira, admiravam a madrugada intensificar-se em cor e luz, parir o dia. Comentavam orgulhosos sobre a aptidão pela música. "É, minha preta, gosto de ver o entusiasmo dela para a coisa. Vamos cuidar para que ela não perca a vontade de seguir em frente. Se depender da gente, ela vai longe. Só espero que os tropeços não a desiludam."

Tânia, após o desaparecimento de Dorival no mar, cuidava para que Maréia nunca esmorecesse em sua caminhada. Em memória a ele, honrava o compromisso que idealizaram para o futuro da criança, que viera ao mundo para fortificá-los em seu amor. Consolava-se com as visitas dela, quando reconhecia nas suas feições, trejeitos, impostação de voz, a figura do marido, alentava-se, espantando a tristeza de nunca mais vê-lo. Ele, no retorno das viagens, adentrava pela porta principal, com fagulhas no olhar, beijavam-se suprimindo as necessidades de palavras. Dorival vivia mais tempo no mar, mas nas folgas prolongadas, a dedicação como marido e pai compensava a ausência. Sedento do corpo da mulher, suas mãos calejadas pela lida no navio, acariciava-a desejoso, ela, ávida de afagos, sentindo o gosto salgado da pele dele, entregava-se com prazer, noites intensas, até o mar não mais devolvê-lo. A solidão passou a ocupar a cama do casal. Insone, na madrugada, Tânia levantava-se sorrateira, agasalhava-se com o casaco de marinheiro que ele usava, sentindo seu cheiro salinado, mirava a lua prateando o mar. Apoiada nas recordações dos momentos passados com Dorival, ela incentivava Maréia: "Seu pai não está presente de corpo, mas no reino da senhora do mar, lá, com certeza, está com aquele sorriso de menino que ganhou doce, feliz com a filha que a gente fez."

Aconchegada, ao confiar seus planos às mulheres de sua vida, foi apoiada, aconselhada, recebeu o alento que fora buscar, passeou pela praia, revigorou-se, sentindo a planta dos pés massageada, ao atritar-se com a areia. Mergulhou nas águas salgadas, deixou o sol e o vento secarem as gotas refletidas em sua pele. Dirigindo de volta para São Paulo, ponderava sobre a vida de Caciana, que desfrutava de afeição e respeito na família, numa recíproca verdadeira. Aquela semana proporcionou a Maréia inteirar-se do passado daquela mulher, tia não consanguínea, que estampava no olhar, tristeza e retraía-se ao falar de sua infância. Sabia-se que, aos doze anos, após a morte trágica dos pais, fora apartada dos cincos irmãos mais novos, desconhecendo-lhes o paradeiro. Na sua adoção afetiva, por Dorotéia e Marcílio, encontrou lar, amor, ternura; sonhara casar-se com o Dorival, desejo que ficou na adolescência. Estabeleceram breve namoro, mas terminaram ao perceberem que a fraternidade e a cumplicidade de irmãos eram mais fortes; dessa época manteve o hábito, que a confortava, de chamar Marcílio de sogro, Dorotéia de tia. Abandonou os estudos, no primeiro ano da faculdade de pedagogia, para morar com um marinheiro aguerrido às lidas no mar, depois de dois anos, ele sumiu e nunca mais voltou.

Melancólica, porém, decidida, Caciana acumulava histórias de dissabores, mas ancorava-se nas vivências boas, proporcionadas por Déia, Tânia, Marcílio, Dorival, que preenchiam os cantos daquela casa. Maréia, por afetividade, chamava-a de tia; ao se despedirem no portão, sentiu no abraço uma emoção de mãe para filha, que a enterneceu. Ela era o retrato da superação das amarguras, uma trajetória marcada por perdas e desencontros, mas construiu, sobre os escombros de seu mundo, laços de afetividades duradouras. Eram três mulheres, fortes, frágeis, determinadas, acumulavam sabedorias nas vivências cotidianas. Apoiavam-se, tocavam a vida como um barco, revezavam no comando do leme, acertavam o rumo, juntas evitavam a deriva, seguiam navegando sob a liderança de Dorotéia. A avó, um verdadeiro relicário de lembranças, aguçava a curiosidade da neta que, desde criança, inquiria-a sequiosa em inteirar-se dos pormenores das histórias cifradas em metáforas. Mas, desta feita, durante um passeio pela orla, com a brisa da tarde como testemunha, não relutou em contar-lhe as minúcias. Diante do espanto mal disfarçado de Maréia, a velha mulher vaticinou: "O que é dos seus, aos seus voltará. A cada um, restará o quinhão que cultivou. Não parece, mas entre tantas venturas e desventuras, cada qual ficará com o seu pedaço de mel ou de fel."

Ao regressar, sem desviar a atenção da estrada, relembrou, em voz alta, a frase dita pela avó. "No momento certo tudo vai se revelar. Aguardar é uma virtude, minha neta." Respondeu, como se ela pudesse ouvi-lo. "É, dona Dorotéia, rainha dos enigmas. Não perde o hábito de manter um ar de mistério e fazer suspense, aguçando minha curiosidade. Eu sei, ainda há coisas que carecem ser decifradas." Sorriu complacente. "Nesse jacutá tem mironga, tem." Cantou a canção, ouvida nas reuniões festivas, quando seu pai e o avô, depois de se fartarem com o zungu feito pelas mulheres, cantavam satisfeitos. Ela adiara aquela visita, por conta dos estudos, para ingressar na orquestra, mas, ao abraçá-las, levando as boas notícias do sonho realizado, compensou a ausência. Novos desafios a aguardavam, a ansiedade se dissipava nas curvas das estradas, conseguiria conciliar o tempo, sendo integrante da filarmônica e dona da escola Clave em Sol, com uma lista de espera para novos alunos, que se acumulava. Decidiu, mudaria sua rotina, procuraria associar-se com outras pessoas. "Vai dar certo porque eu quero que dê."

Após uma semana, chegar em casa era um reencontro, acomodou o violoncelo, a flauta em seus nichos, suspirou, como se falasse para a foto de Ibiácy do Pífano no porta-retratos. "Foi bom ter ido. É bom estar de volta." Banhou-se, deitou-se na cama, aspirou aroma de lavanda que exalava dos lençóis azuis; mansamente, como envolta em ondas calmas, entregou-se ao sono. Sonhou, estava na praia, com vestido branco esvoaçante, cintilante qual estrela. Do eterno vai e vem das ondas, surgia no horizonte um navio, com um enorme mastro, enfeitado de fitas coloridas, como um arco-íris, convidando a alcançá-lo. Impelida, caminhando sobre as águas, dirigia-se até lá, ouvia o marulhar das ondas sob seus pés, o som confundia-se com doce melodia soprada no pífano por Ibiácy, abrandava seus passos. No tombadilho, acenavam e a chamavam. "Maréia, Maréia...

Maaarééééia. Venha!" Marcílio estendeu-lhe a mão, ajudando-a a entrar na embarcação, sentou-se nos joelhos dele, como nos tempos da infância. Dorival e Déia os ladeavam, sorrindo, como um retrato em família. Pessoas saídas das narrativas dos avós aproximavam-se, uma a uma, segredavam-lhe histórias, compondo as peças que faltavam para montar o grande quebra-cabeça de sua ancestralidade.

Os primeiros de seus antepassados a chegar ao Brasil, os gemelares Takatifu e Atsu, ostentando sorriso de boas-vindas, surgiram. Um deles trazia escultura em madeira, um palmo e meio de comprimento, reproduzindo uma espécie de jacaré, no lugar dos olhos, pedras verdes que faiscavam. O outro trazia um pote de barro tampado, antiga urna mortuária. Ela, de imediato, não atinou ao significado das palavras que eles proferiam, olhou na direção que apontavam, presenciou os cabindas, barqueiros, remadores, as quituteiras, outras tantas centenas de rostos, reverenciando, com cantigas, os símbolos carregados pelos gêmeos. Vozes fluíam das profundezas do oceano, repouso final de multidões, durante a forçada travessia, respondiam à ladainha contando os fatos sobre as vidas ceifadas e sonhos interrompidos. Ao cantarem os feitos de resistências ocultados, zum-zum-zum ensurdecedor se fez ouvir, como se a alegria, no reencontro, gritasse de alegria. Repentino silêncio se estabeleceu ao comando gestual de Takatifu, aquele que nasceu sagrado. Os barqueiros trouxeram ao tombadilho um grande cesto, colocando-o no centro do convés. Palmas sincopadas cadenciavam a coreografia, realizada por Atsu, segurando a escultura-jacaré, acima da cabeça; movimentava-a da esquerda para a direita, circulava em volta do balaio. Takatifu, aquele que nasceu sagrado, acompanhava-o carregando a urna mortuária, destapou-a, retirou pó acinzentado, assoprando, o espargia em direção aos quatro pontos cardinais, balbuciando uma ladainha.

Vento repentino fez voar pelos ares a tampa do grande samburá, revelando o seu interior, contendo cabeças decepadas de homens, pele pálida, olhos esbugalhados. Um dos remadores, saindo da formação de ciranda, dirigiu-se até o recipiente, retirou um dos cocurutos, na sequência, as quituteiras, os jangadeiros. Gestos repetidos pelos demais, que, dirigindo-se para a borda do navio, esticando os braços, em direção à água, balançavam os crânios num bamboleio sincronizado. Os olhos do jacaré que Atsu conduzia, como farol, lançaram facho de luz esverdeada em diferentes direções; no mesmo instante, relâmpagos faiscaram, riscando o céu. Luminosidade acentuou-se para além do limite do suportável, as caveiras foram arremessadas, bateram na superfície da água, estrondou o som de trovão. Numa dança macabra, ondulavam os cabelos iguais algas marinhas, enroscavam-se à procura de rumos, resistiam, boiando em desespero, para evitar o inevitável destino do naufrágio. Imenso rodamoinho os engoliu, submergiram, soçobraram para sempre, afogados nas próprias ilusões de serem superiores e indestrutíveis. No mesmo instante, a embarcação transformou-se num barco-jacaré, sendo ocupada pela dinastia ancestral de Maréia, Marcílio, Dorival e Dorotéia, ostentando insígnias de realeza. Em confraternidade, celebravam o encontro, revelavam verdades, obrigados a segregar para se defender de forças inescrupulosas, mas, no enredo onírico, através dos sonhos, manifestavam-se.

O barco-jacaré seguiu mansamente, singrando, vencendo as correntezas, rumo ao horizonte límpido, levando os gêmeos e seu séquito, desaparecia, lentamente, envolto em suave brisa salinada. No convés, Maréia de braços abertos sentia-se leve. Fortificada, em seus poros vibrava uma nova energia, caminhou sobre as águas, de volta para a praia. Vozes uníssonas, provindas do tombadilho, faziam-se ouvir. "Nunca esquecer quem somos. Nunca esquecer o que somos. O que é nosso sempre voltará. O nosso caminhar... Não desistir... Os nossos estão conosco, como condutores das memórias. Não desistir..." acordou sonolenta, sem recordar do sonho; sentia-se o timoneiro e a vela da sua própria embarcação, dona da bússola de marear, cabia-lhe escolher os caminhos para velejar. Agraciada pelos que vieram antes, não obstante, os corpos de muitos repousaram-se no fundo do oceano, os ecos da existência eternizaram-se, gravados nas entranhas do tempo. Espreguiçou-se, levantou, dirigiu-se à Clave em Sol, certa das decisões a tomar, aconselhada pelas suas parentas, compartilharia as responsabilidades que a escola exigia, com Anaya e Odara, ambas violonistas. No instante em que se conheceram, uma afinidade aflorou, unindo-as numa amizade crescente, laços fraternais se formavam entre elas, congregados pelo interesse comum pela música.

 Os nomes das musicistas, gêmeas idênticas, revelavam, talvez não por coincidência, os traços peculiares de suas personalidades. Anaya Omi, os olhos de deus nas águas, era introvertida, retraía-se pensativa; observadora, captava o interior das pessoas, iluminava-se ao discorrer o seu ponto de vista, fala mansa, pausada, o timbre da voz entre o grave e o agudo, fascinava os ouvintes. Odara Omi, a mais nova, era o oposto da irmã. Extrovertida, uma explosão de um dia ensolarado em mar aberto, fazia jus à expressão de seu nome – tudo bem nas águas –, sorriso espontâneo, presença ruidosa, exercia desmedida franqueza, que às vezes incomodava. Fisicamente idênticas, se trajassem roupas iguais, seriam, uma da outra, o reflexo e o espelho. Inseparáveis, dedicavam-se aos estudos, esforçavam-se em ultrapassar seus próprios limites, empenhando-se em vencer desafios harmônicos, até gotas de suor reluzirem em suas faces. Talvez, por ingerência, inexplicável, de um poder ancestral, aliavam-se a Maréia, que era o mar e a areia, formando uma tríade simbólica, poderosa, das águas, com três infinitas possibilidades, um elo promissor e duradouro, interagindo entre o remanso de Anaya, o agito de Odara e o equilíbrio de Maréia. O fato de serem gemelares, aludia, diretamente, às aventuras dos parentes distantes, contadas pela avó Déia, o que, para a dona da Clave em Sol era um sinal benfazejo; acreditava que havia encontrado as parceiras ideais, para vencerem juntas os vários desafios que se avolumavam na escola, com o crescente número da demanda de alunos que buscavam a excelência do ensino oferecida.

Firmaram o contrato de sociedade, saíram para comemorar, por sugestão de Odara. "Nada como um bom vinho e uma comida especial. O que vocês acham? Afinal, merecemos." Estavam famintas. No restaurante, o entusiasmo tomou conta do trio. Odara falante, monopolizava contando os deslizes dos músicos do Quinteto Harmonia nas Cordas, ao se apresentarem nos teatros municipais das cidades. Debochada, ironizava. "Foi muito engraçado, ele ficou tão vermelho, quando destoou ao tocar o arranjo no violino. Atenta na partitura, controlei um acesso de riso. O maestro habilmente, num gesto, fez o conjunto dominar a situação. No fim deu tudo certo, mas valeu uma semana de piada." Ria, ao relembrar, observada por Anaya, serena e em silêncio, comprazia-se, com certa compaixão, pelo "pimentão vermelho", como os colegas o chamavam para irritá-lo e ver o rubor em seu rosto. Maréia contemplava as irmãs, duplicatas perfeitas, se não fosse o paradoxo de serem iguais e diferentes, julgaria estar vendo em dobro, por efeito da ingestão do vinho. Sorvendo aos goles o líquido rubro, relembrou o avô Marcílio, que só se sentia inteiro e completo entre as águas, sorriu, analisando que ela, Odara e Anaya, tinham água nos nomes e, do jeito que se sentaram à mesa, pareciam vértices de um triângulo. Tagarelavam alegremente envolvidas por leve euforia. Odara levantou-se, exortando-as a blindarem. Ergueram as taças, selaram o pacto num tilintar que ressoou. Beberam, sorriram, olharam-se cúmplices e juntas pronunciaram: "Está feito."

Exausta, chegou em casa, arrancou as roupas, lançou-se nua entre os lençóis, respirando a fragrância do incenso de jasmim; colocando a mão sob a nuca, distraiu-se observando o teto, do qual pendia trabalhada luminária em formato de gota. Letárgica, as pálpebras pesavam. Semiconsciente, percebeu intensa luminosidade fluindo da lâmpada, derramando chuva de luzes, penetrando em seu sonho. Em estado onírico, desdobrou-se, uma tocava violoncelo, a outra flauta, a melodia misturava-se aos pingos luminosos, traçando notas no ar. Uma terceira, vestida de branco transparente, trazia a escultura-jacaré dos olhos-pedras-verdes-faiscantes, com brilho de cegar, mas, desta feita, a mandíbula semiaberta exibia um sorriso irônico. Ela, tripartida, dançava, coreografando, com movimentos circulares, o canto de vozes advindas de lugar longínquo, entoando melodia que se intensificava. Como elos perdidos, as três elas se interpenetravam transformando-se em uma só, enquanto as vozes de Dorotéia e Marcílio sobressaíam num dueto de versos compassados:

"Na circular do tempo,

 o passado não volta,

o passado traz de volta

 o que parecia perdido.

A onda rolou na praia
e voltou correndo ao mar.

Não foi. Não foi,

circula no tempo,

a maré, a maré.

A maré é mar,

circula o tempo,

leva e me trás.

A maré é mar,

voltará. Voltará.

O tempo é mar

circula no tempo.

Memória é mar.

O tempo é.

Maréia

Levantou-se apressada, inspirada, "Circula no tempo. Circula o tempo. O tempo é. Memória é mar", frases retumbando em sua mente, não se deu conta da nudez, apanhou a flauta, compôs mais um trecho da peça musical *Réquiem à marujada – vozes que nos habitam.*

7. Redoma da Loucura

Depois do tédio e dos desgostos e das penas
Que gravam com seu peso a vida dolorosa,
Feliz daquele a quem uma asa vigorosa
Pode lançar às várzeas claras e serenas

Charles Baudelaire

Guilhermina perambulava no seu confinamento de luxo, definhava progressivamente, mantê-la limpa e asseada, transformou-se numa batalha diária travada pelas "martinhas"; quando acabavam de banhá-la, arrumá-la a custo, ela se descabelava, com um sorriso demente gritava. "Não estão vendo? Olha ali. Eles gostam de mim assim. Dizem que mereço. Eu mereço? Acho que sim. Acho que não. Eu mereço... eles falam que mereço, que estou usando o que não me pertence?" Apontava em todas as direções, apanhava um objeto qualquer, atirava contra as paredes. "Vocês acham que não me pertence? É meu, sim. Eu quebro." Certa feita, ao tentar pisar nos cacos, foi contida pelos cuidadores, evitando que se ferisse. "Cacos. Cacos. Cacos. Minha vida é um caco? Não, não é não. Tá me ouvindo? Não é não. Olha ali, não está vendo? Eles estão rindo de mim. Rindo... Rindo... Rindo. Não está vendo?" Soltou gargalhadas ensandecidas. "Eu rio de vocês... É... Vocês mesmos. Vocês que nem têm nomes. São todas martinhas... martinhas, martinhas." Gritava e ria. "Sabe por quê? Não são nada, nada... Um monte de nada." Desvencilhando-se dos enfermeiros que a imobilizavam, sob o olhar atônito das empregadas, segurou a mais velha pelos cabelos, fazendo-a ajoelhar-se. "Vocês não são nada... nada. Foram criadas para me servir... Criadas. Criadas... É isso que vocês são." Ria em total descontrole, agarrada à serviçal, impotente e subjugada, obrigando-a a ficar com o rosto próximo ao chão.

A gritaria corriqueira na redoma da loucura, dessa vez, virou um pandemônio, pelo ataque à velha que, dominada pela força demente da patroa, tentava erguer-se, mas o movimento de escape aumentava a força algoz da louca mulher. Guilhermina permanecia com as mãos grudadas nas madeixas de sua vítima, que gemia de dor, à beira de um desmaio, numa última e desesperada tentativa de livrar-se da agressão, pronunciou: "Branca, eu sou

Branca." Continuou repetindo: "Branca, Branca, Branca. Eu sou Branca!" Lembrou-se, na agonia, de que possuía um nome, não era a "martinha", dos serviços realizados. Trabalhava havia tanto tempo naquela casa, para os Menezes de Albuquerque, onde todos perdiam a individualidade, denominados de "martinhas e martinhos", no diminutivo, para não se esquecerem do lugar que ocupavam e ocupariam para sempre. Branca se acostumara a ser invisível, esgueirando-se por entre corredores, quarto, mobília, limpando e servindo. Quando jovem, sonhou estudar no conceituado colégio Santa Marta, porém, sua condição não permitiu o acesso à formação destinada a moças de fino trato, pertencentes a famílias abastadas que desembolsavam considerável quantia mensal, custeando o ensino em regime de internato. Por não fazer parte desse grupo social seleto, restou-lhe a alternativa de inclusão no benevolente projeto mantido pela instituição para proporcionar instrução a moças menos favorecidas.

Às infortunadas, em troca da gratuidade, caberia servir, realizando as tarefas de limpar, cozinhar, lavar, passar, engomar as roupas em geral, as íntimas e pessoais, das freiras e das alunas afortunadas. Cansadas do trabalho estafante, ao final do dia, reunidas numa sala, recebiam parcos conhecimentos de gramática e matemática. No entanto, dava-se ênfase especial às aulas de bordado, as que sobressaíam comporiam o grupo das bordadeiras de enxovais, executando anagramas, com iniciais dos nomes dos nubentes, em peças de cambraia e seda. O Santa Marta afamava-se pela delicadeza e pelo capricho, recebendo constantes encomendas. Branca viveu a juventude no internato; sem aptidão para o manuseio da agulha e da linha, restou-lhe a execução das tarefas estafantes, aprendera a lição de inexistir. À noite, ao entregar o corpo pálido, cansado, ao sono, orava a resmungar, beijava a medalha de Santa

Marta, protetora dos desvalidos, pendurada ao pescoço. Tratadas com menosprezo pelas diferenciadas sociais, moças brancas como ela, que, para marcar a hierarquia de mando, destituíam-nas do nome de batismo, através da alcunha genérica de "martinhas", numa alusão ao lugar desprivilegiado daquelas fadadas a acatar caladas as ordens, transformando-se em expectadoras mudas de vidas que não lhes pertenciam.

As privilegiadas, como Guilhermina, instruídas para serem as comandantes, senhoras do lar, cumprindo a obrigatoriedade da elegância sorridente, disponibilizando-se para proporcionar felicidade ao marido, alegria aos filhos, esvaziavam-se de seus anseios pessoais. Com papéis controversos, porém, ambas as mulheres se comportavam como autômatas, destituídas de vontade própria, enfraquecidas na consciência de si, perdiam a espontaneidade, o viço, a serviço dos sonhos alheios. A ensandecida patroa não largava os cabelos longos, loiros, da empregada, que, vaidosa, sempre se orgulhava deles em segredo, escovando-os com capricho, como resquícios de amor-próprio, antes de se entregar às lidas diárias, obrigada a mantê-los sob as toucas que os uniformes domésticos exigiam. Obcecada, os arrancava aos tufos, transformando o prazer da única vaidade da velha mulher em dor. Emitindo gritos lancinantes, com a face contraída, Branca desmaiou de agonia, porém, a fúria de Guilhermina não arrefeceu; gargalhando, agredia o corpo inerte no chão. Paralisados diante da brutalidade, os empregados e a equipe médica assistiam imóveis à cena violenta. Interferiram, ao mesmo tempo, com ações atabalhoadas, conseguindo, a custo, afastar a agressora do corpo desfalecido de sua vítima.

Havia explodido o vazio, tormentoso, de anos de vida sem vida, carregando pesos invisíveis de culpas, que a corroíam silenciosos confinando-a em cadeias de emoções. Com expressão facial indefectível, ausente de si, Guilhermina, como troféu, segurava o escalpo. "Dorinha, Dorinha." – balbuciava abobada. "Dorinha, Dorinha, Dorinha." – aumentava o tom. "Dorinha, Dorinha." – agitava-se, mirando as grisalhas madeixas arrancadas da empregada. "Você voltou?" – continuou a proferir, entre lágrimas e gargalhadas. "Voltou. Voltou. Voltou!" Apontando para o corpo inerte, entrecortava falas incompreensíveis. "Naquele dia... minha filha ... Não fui eu... Foi ela... A culpa é dela... Só dela... Ela, ela, ela, ela..." revivia o fatídico dia em que a filha morrera, antes do enfadonho jantar familiar, com todos trajados como para festa de gala. Branca preparou o banho da menina, encheu a banheira com água morna, acrescentou espuma de banho, colocou brinquedos plásticos para alegrá-la, entre eles um jacaré, presenteado por um sócio da ACEMA. Interrompida no seu afazer, deixou a caçula sozinha no banheiro, para atender ao chamado da patroa, e auxiliá-la a fechar o zíper emperrado do vestido preto, escolhido por Francisco, com o intuito de certificar-se de que, após a dieta, ela se conservava nos padrões de elegância exigidos pelo círculo social que frequentavam.

 Distraídas na tarefa – puxa daqui, puxa dali –, não atentaram ao tibum, ruído surdo, de algo caindo dentro da água, seguido do barulho semelhante ao bater de asas de uma ave aquática enfrentando um lago pela primeira vez. Dorinha, travessa, curiosa, inquieta, debruçara-se na borda da banheira para apanhar, entre as espumas, o brinquedo novo, desequilibrou-se e caiu de bruços, debateu-se, espessando a substância líquida, espumosa como mar. Ao terminar de ajudá-la a se vestir, Branca que, naquela casa, como no Santa Marta, estava disponível a qualquer tarefa, retornou ao banheiro... "Não! Meu Deus! Corre aqui! Por Deus! Por Deus! Uma tragédia." Aos gritos, alertava Guilhermina que, absorta, conferia ao espelho o volume de sua silhueta, estranhando o desatino da doméstica, que não era dada a levantar a voz e respondia monossilábica quando perguntada. Ao lhe atender os pedidos de socorro, encontrou Dorinha boiando entre as espumas, e a serviçal, num esforço desesperado, tentando retirá-la, puxando pelo braço. Juntas conseguiram resgatá-la, colocando-a no piso frio. Na mão rija, segurava o jacaré de brinquedo. Realizando os procedimentos de primeiros socorros, entraram em desespero, a menina não respondia aos estímulos. "Acudam! Acudam! Dorinha, Dorinha! Socorro! Por favor! Por favor!" Pediam ajuda.

O alarido atraiu a atenção, acudiram familiares, funcionários, que, indignados, numa confusão generalizada, falavam ao mesmo tempo, tentando acalmar as duas mulheres descontroladas. Uma chorava copiosamente, a outra desolada, abraçada à filha, insistia, inutilmente, reanimá-la. "Acorda, filha! Minha bonequinha. Acorda." A chegada de Dom Alfonso impôs ordem, só com o comando do olhar; os profissionais de saúde se arriscavam a afastar a perplexa mãe do local, que relutante se recusava, como se sua presença pudesse trazer a criança de volta. Por fim, saiu, pronunciando palavras de autocomiseração. "Culpa minha! Minha culpa!" Após o funeral, uma tensão se instalou na mansão, na qual pairavam frases não ditas, um silêncio acusatório que reabria doloridas feridas emocionais, machucava, sangrava internamente. Delirando pelos cantos, Guilhermina remoía-se em culpas e autocomiseração; choramingava. "Eu não soube ser mãe. Não soube." Fustigava Branca com lampejo de ódio, quando, condoída, aproximava-se para se solidarizar com o seu sofrimento. Irritada, a expulsava. "Sai daqui! Você é culpada. Você e aquele maldito jacaré." – referindo-se ao brinquedo que Dorinha segurava em suas mãos enrijecidas. Tratada e medicada, lentamente, recuperava-se do trauma, eximiase da responsabilidade, ora entrando num estado de ausência, ora culpabilizando a empregada, que, consumida em remorsos, evitava servir a ela, desdobrando-se em atenção a Alfredo.

Recusava-se a participar dos jantares familiares; no entanto, sem voz ativa, cedeu às intransigências de Dom Alfonso e às insistências de Francisco. Eram momentos de tensa angústia, esforçava-se para disfarçar que via a filha brincando com os alimentos. Acorrentada àquela situação, no papel a ela destinado, fugia, alienava-se, buscando a si mesma e permanecia como um manequim sem alma. Não sentia, via ou ouvia o patriarca, que, por um gosto mórbido, alfinetava-a, apontando o lugar vazio à mesa; pronunciando o nome da neta, mencionava a tragédia, conferindo se conseguia alcançar o seu intento de magoar a nora. Guilhermina tentando amenizar-se da ausência de Dorinha, apegou-se ao filho Augusto; no entanto, a interferência do sogro afastava-a, afirmando que ela iria estragar o menino, tratando-o com mimos. "Com ele, não. Você não vai matá-lo. Chega o que já fez" – dizia sem piedade. "Com esse meu neto, não. Ele é o herdeiro, minha continuidade. Não, definitivamente, não." Augusto, criava-se à semelhança do todo-poderoso Dom Alfonso, presunçoso, soberbo, dissimulado, cruel com os que lhe cercavam, mãe, pai, irmão; com o avô demonstrava um carinho interesseiro. Exercitava-se tratando os empregados ordenando com desrespeito, como se esses fossem seus escravos, vangloriava-se, imaginando o dia em que ocuparia o lugar no império econômico dos Menezes de Albuquerque.

Augusto gostava de brincar com o perigo, andava sobre os muros, encimados por pontas de lança, que ladeavam os domínios da mansão, que, isolada, parecia um antigo castelo medieval. Esperto em burlar a vigilância que sobre ele recaía, esgueirava-se por entre as árvores, que lhe ofereciam a camuflagem favorável à escapadela. Fugido, brincava de equilibrista, arriscava-se, acreditava-se possuído do poder infalível do super-homem, galgava o alto muro, abria os braços, caminhava, um pé depois o outro, sentia-se todo-poderoso, dono do mundo e das pessoas, desviava-se dos obstáculos com maestria, desafiava o perigo.

Mas a presunção é mãe da fatalidade e, um dia, num descuido, um escorregão, a brincadeira se interrompeu nas pontas de lanças do grande portão de ferro, que transpassaram seu corpo em sete pontos diferentes; o infortúnio interrompeu a predestinação de Augusto. Foi encontrado por Branca, que desmaiou, enquanto ele esvaía-se em sangue. Guilhermina, que chegou junto com a empregada, desatinada corria de um lado para o outro com as mãos na cabeça, proferia frases desconexas. "Foi o Jacaré. Foi o Jacaré, o que levou Dorinha. Levou mais um de meus filhos." Repetia e repetia. "Jacaré maldito. É maldição. Maldição." Não suportando as mortes dos filhos, via gente cavalgando o réptil, nas escadas, nas paredes, assustada corria para o quarto, encolhia-se na cama. "Desgraçados. Vocês não vão me pegar. Não vão."

Alegria abandonou, de vez, os soturnos moradores da mansão. Dom Alfonso, o todo-poderoso, com raiva muda, sofria a perda do neto predileto, e, impaciente com as atitudes degeneradas da nora, a confinou na redoma da loucura apartada da realidade, deixando-a consumir-se, afundada em remorsos, lamentos e delírios, assombrada por alucinações que a aterrorizava. Ela, outrora bela, herdeira das riquezas acumuladas pelos seus antepassados, definhava, transfigurava-se num espectro vivo a vagar; isolada, dialogava com interlocutores persecutórios. "Maldição. Maldição. Saiam! Saiam! Eu sei quem são. Saiam! Vocês e o jacaré. Saiam! Eu sei... Eu sei, vocês são filhos do jacaré. Maldição." Sentava-se no chão, agarrava-se à boneca de pano, com sofreguidão materna de quem protege a cria. "Por quê? Porque vocês nos matam. Por quê?" Em total descontrole, ria alto. "Mataram Dom Alfonso, ele foi tarde. Mas, meus filhos... Por que nos matam? Eu não matei ninguém. Vocês estão mortos! Eu sei... Eu sei. Mortos... Mortos." Abandonava-se numa cadeira. Ausentava-se mirando a parede e de repente... "Dorinha, Augusto, morreram. Morreram?" Num último alento, chamava pelo marido. "Francisco, cadê o Francisco? Morreu? Não, não. Eles vão levar todos, todos, todos. Não vai sobrar nada. Nada. Nada. Deixem o meu Alfredo! Deixem Alfredo!"

Crise após crise, os sedativos ministrados em doses mais fortes, as medicações mudadas, eram inúteis, não a adormeciam, o efeito era reverso, estimulavam seus desvarios. Agravada, dominada por funesto ataque de fúria, pôs fim à vida de Branca, perante impotentes enfermeiros e funcionários. Sem controle, demente, fustigava o próprio corpo, numa mórbida penitência, com os tufos de cabelos arrancados da empregada. Alucinada, via, nos que tentavam socorrê-la, figuras fantasmagóricas; correu desabalada da redoma. "Não vão me pegar. Não vão. Não vão. Jacaré, não vai me pegar." Tentou escapar, espremeu-se por entre os vãos do portão de ferro, se entalou, feriu-se com um corte fatal na altura da jugular, o sangue jorrou, ela se esvaía. Enquanto Branca, sangrando, invisível e só, jazia ao chão entre suas loiras madeixas, o último sinal de vaidade, arrancadas e espalhadas. A mansão centenária, símbolo de requinte e riqueza, palco de ostensivas festas, transformou-se na casa dos horrores, onde reverberavam gritos lancinantes, misturados aos agônicos e silenciados, escapavam como ondas sonoras atingindo Alfredo, que, apavorado, tapava os ouvidos, fechado em seu quarto, prisioneiro do destino, traçado por imposição do avô.

Alguém bateu levemente à porta de seus aposentos. Sem resposta, intensificaram-se as batidas. Ele não respondeu, queria fugir, mas nunca conseguiu. Alfredo com o rosto vermelho e inchado, o suor se misturava com as lágrimas, queria a Branca que o tratava com ternura. Do lado de fora insistiam, resolveu abrir. Deparou-se com o doutor Wlade, tenso, sério, solicitando aprovação para efetuar os féretros das mulheres. Recompondo-se, respondeu, num timbre espremido, infantil e desolado. "Tome as providências, doutor. Faça de forma discreta. Sem alarde. Ateste que elas morreram de mal súbito." Dois cortejos fúnebres em horários diferentes. Pela manhã, o de Branca, acompanhado pelo pesaroso herdeiro, que, em sua orfandade, chorou copiosamente, amparado pelas "martinhas" e "martinhos". À tarde, o de Guilhermina, seguido por uma comitiva pomposa, de pessoas prestigiosas da sociedade, ele à frente, com expressão facial indefectível, resguardava-se do turbilhão que lhe corroía; nas mãos um buquê de rosas brancas, com uma faixa: "saudosa, carinhosa e amada mãe".

8. Relicário de Dorotéia

> A memória é Tempo.
> O Tempo é senhor dos caminhos.
> – *Noitestrelada*

O cavaquinho dedilhado por Tânia tirava sons ávidos, como maré de saudades, inundando o silêncio com alegre melodia, invocava a presença dos dois marinheiros, que as três mulheres aguardavam retornarem do mar, para preencher de alegria os dias de inquietações e esperas, mas eles foram abraçados pela senhora do reino das águas salgadas, não mais voltariam. Agora, elas esperavam as visitas de Maréia, que rareavam, por conta de seus estudos e das atividades assumidas na escola de música. Realizava frequentes viagens como componente da Orquestra Sinfônica, que a impediam de estar com as mulheres de sua vida, como chamava, afetuosamente, a avó, a mãe e a tia. Quando, ao telefone, informou a elas que suas recentes sócias eram gêmeas, sorriso enigmático iluminou o rosto sem rugas de Dorotéia. "As notícias não poderiam ser melhores" – comentou, orgulhosa, com Tânia, que, por sua vez, ansiava felicitar sua única filha, que morava a quilômetros de distância de seus abraços. Consolava-se com a sogra. "É, eu sei... A gente carrega, ama e cuida... Depois eles tomam o caminho do mar da vida, que é o mundo. É, minha sogra, para nós, que amamos, resta o caminho da espera." Abraçava-se ao cavaquinho, tocava, amenizando as lacunas que as ausências do marido, do sogro e da filha lhe causavam.

Na varanda, sentada em sua cadeira preferida, Dorotéia, meditativa, apurava os sentidos, atenta aos sussurros dos que nunca morrem, vozes emergidas do fundo do oceano. Ao lado de Marcílio, antes da sua partida definitiva para o infinito do mar, ficavam abraçados, aguardavam, em especial, uma onda surgida do além da linha do horizonte, onde o infinito se faz presente, o céu se mistura com o azul das águas, num contínuo eterno-começo-fim-recomeço. Lá, um nevoeiro, lento, intenso se formava entre as espumas, intensificava-se, agigantava-se, impulsionado pelas correntes marítimas, carregava, camuflado nas névoas, rumores que ligavam os continentes paralelos, avizinhados. Os dois, transportados para além das coisas explicáveis, experimentavam sensações que imprimiam significados às suas existências, uma circular incessante transmitindo sinceridades, nada mais era ali, mesmo sendo ali. Um tempo sem tempo, onde não há espaço, nem para o esquecimento, nem para a angústia da espera, mas para a construção paciente da existência. Um tempo onde a morte não é a finitude dos pensamentos.

Dorotéia e Marcílio se percebiam afastados dos próprios corpos, navegando numa pequena embarcação, no caudal da memória atemporal, em que ondeavam as verdades que lhes pertenciam. Envolvidos por um halo de partículas salinizadas, que os energizava, percorriam espaços, interseccionados com as realidades-lembranças emaranhadas no passado, no presente, no futuro. A eles se revelavam imagens, das memórias vivas de um povo, entrelaçadas com amor, paixão e resistências, muitas vezes relegadas pelas exigências das intensas batalhas da vivência, forçando o esquecimento. Ela não mais o esperava regressar, depois que a sua morada final se tornou o mar. Ele, uma presença incorpórea, vinda nas vozes provindas do oceano, conduzindo-a por portais que a levavam a outros lugares. Num certo entardecer, percebeu-se rodeada por um clarão ofuscante; ela transcendeu, sentiu sob os pés descalços a areia fofa e úmida. Avistou ao longe uma montanha, encaminhou-se naquela direção, atraída por um zun-zun-zum; ao chegar a uma clareira, aproximou-se das falas proferidas em outro idioma. Vestia, como por encanto, um manto prateado, confeccionado por mãos diáfanas, que o urdiram entrelaçando os fios de vidas e destinos de seus ancestres, fios que seguiam várias direções, delineando contornos, que, interligados, se estendiam formando outros tantos desenhos, numa trama intricada, que se emaranhava e desemaranhava. Do ponto onde estava, desdobravam-se várias trilhas. A túnica que lhe recobria faiscava, emitia fachos de luz, como um farol. Hesitou. "Ver o passado? Ver o futuro?" Ponderava sobre a escolha do caminho a percorrer. Um arrepio evidenciava suas incertezas. "E se optasse pelo futuro?" – talvez, não mais se afligisse com inquietações a respeito das opções da neta, saberia de antemão dos tropeços e das vitórias, poderia orientá-la a desviar-se das agruras, dos sobressaltos. Dominou a tentação, quiçá soubesse dos acontecimentos com antecedência, seus conselhos perderiam a sensatez. "O que nos impulsiona a vida é o incerto amanhã, que vai se revelando a todo instante, a cada manhã. Vivido no hoje, passa a ser ontem, amanhã." Filosofava, de si para si, com a sabedoria das experiências de muitos ontem. "Se enveredasse pelo passado? O que se revelaria? Desvendaria os enigmas embaçados nas histórias contadas pelos outros?" Titubeava na incerteza. "Será que havia alguma glória a comemorar? Se fossem escombros? Só escombros e mais nada?" As dúvidas a entorpeciam; parada no ponto alto da montanha, observava as névoas se dissipando. Tocaram-lhe a face, desviou a atenção para o lado, reconheceu Marcílio, um sorriso acolhedor, terno e confiante, ela retribuiu sentindo-se amparada pelo eterno companheiro, que não a abandonaria qual fosse o destino. Passado ou o futuro, ambos equidistantes, atuando na mesma linha-vida, em compasso de tempo diferente.

Dissipadas as névoas, ela avistava os relevos mais distantes. Predisposta a empreitar a jornada, aspirou fundo os diversos aromas silvestres, infundiu-se de força, avançou mata adentro.

À sua passagem, os galhos das árvores se afastavam, os desenhos do manto que vestia criavam vida própria, movimentavam-se, numa dança sincronizada ao seu andar; era harmonia e leveza. Na clareira, circundada por vegetação exuberante como moldura, predominavam várias tonalidades de verde que se diversificavam no colorido do vermelho intenso, amarelo radiante, azul real de folhagem e flores. No centro, um trono feito de pedras sobrepostas irradiava um convite. Sentou-se. O manto que usava, uma tela viva que delineava novos contornos. Ao longe, um assovio anunciava alguém se aproximando, a mata abria-se. Uma anciã apareceu, o rosto iluminado, contrastando com os cabelos brancos, como se uma noite estrelada a tivesse moldado. Respeitosamente, ajoelhou-se, beijou-lhe as mãos, que exalavam perfume de ervas frescas maceradas, inebriando Dorotéia de doce sensação. Ao ser abraçada pela velha senhora com o afeto de quem reencontra uma filha, foi transportada para um local acrônico. Lá, dispostos em círculo, encontravam-se oito pilares, arredondados, esculpidos em pedra maciça, que seriam necessários cinco adultos para circundar qualquer um deles.

Fincadas no chão, na outra extremidade, esculturas de grandes crânios, com dois orifícios como olhos, tocavam o céu. No centro, um nono pilar se destacava mais alto, e a enorme cabeça que o encimava era rodeada por nuvens brancas, afigurando barba e cabelos. A anciã, Noitestrelada, fez um sinal para que Dorotéia se deitasse ao rés da pilastra central, com a face encostada na terra. Em contato com o solo, foi dominada por uma sonolência profunda. Impreciso saber, na atemporalidade do espaço-tempo, o quanto demorou para se levantar. Avistou homens, mulheres, crianças de várias idades, trajados com roupas de cores iguais às da floresta, formando uma grande ciranda ao seu redor. Abancou-se na cadeira aos pés do pilar central, sem se espantar, notou que era o mesmo trono no qual se sentara ao chegar à clareira. A senhora Noite-Estrelada, telepaticamente, comunicou a Dorotéia que ela se religava às suas progênies, assumia seu lugar hereditário, que fatos trágicos interromperam os elos partidos, que eletrificados movimentavam-se em busca de receptores. "Às vezes, as rupturas são profundas, não se juntam. As ranhuras impedem. Os detalhes ficam perdidos na encruzilhada da memória do passado-presente-futuro. O Tempo não esquece. O Tempo é Tempo." Ela apreendia a importância da missão que lhe transmitia a Noitestrelada.

Os sons em silêncio, a brisa, as pessoas estáticas, qual pintura dependurada na parede. Admirando o cenário, na sutileza dos traços, ela se quadripartiu para alcançar as relíquias que lhe pertenciam; via-se de fora para dentro e de dentro para fora. A primeira das suas quatro partes observava os pilares, cada um deles registrava nas ranhuras, como livros dispostos numa grande biblioteca, as aventuras seculares de um povo. Entalhes narravam a chegada dos primeiros habitantes, que haviam viajado à procura de campos férteis para plantar e colher. Acolhidos pela generosidade da terra, espalharam-se pelo território, formando pequenos aglomerados familiares. Ao observarem os ciclos naturais e os efeitos das mudanças climáticas, desenvolveram conhecimentos e técnicas advindas das tradições milenares, que valorizavam os estágios da existência, interagiam com os aspectos visíveis e scientes. Numa relação sincrônica com a natureza, harmonizavam-se com a dinâmica do universo, interagiam com a energia vigorosa, transformadora, que habita dentro e ao redor do indivíduo. Pessoas em círculos, olhos fechados, mãos dadas, transformavam-se em um só organismo, emitiam radiância, deslocando objetos e pesadas pedras, erguiam as edificações. Entendiam a circularidade do tempo, o que lhes permitia se moverem silenciosos, tanto para derribar perigos, como para ultrapassar as barreiras da temporalidade e adentrar em espaço anacrônicos.

A sua segunda parte embrenhava-se pela mata densa, guiava-se pela musicalidade das sagradas habitantes da cachoeira, e pela luminosidade do sol, infiltrada em fachos, através das copas das imensas árvores. Chegou a um local, onde duas imensas pedras formavam fenda rugosa, qual uma grande vagina. Aproximou-se, ouviu lá de dentro alguém dizer: "Ile ti ibi ati ibi." Entendeu: "casa da concepção e do nascimento", que é a passagem obrigatória para a vida. Atraída, entrou sem receio. Cuidadosamente, pisava sobre as pedras colocadas, uma a uma, depois de lapidadas na perfeição dos artífices aldeões. Na caverna, esperava encontrar o reino da escuridão sombria; no entanto, defrontou-se com a intensidade da luz, que a fez proteger os olhos. Acostumou-se com a claridade, percebeu que a grande cavidade fora esculpida, por séculos, pela força da natureza, no formato de grande pera, como o útero humano. O ambiente inusitado emanava frescor agradável, por conta de uma coluna com vapores térmicos, vinda do centro da terra, que espargia minúsculas gotas evaporadas. Era dividido em nove grutas abalonadas, quatro de cada lado, com as aberturas de frente uma para a outra. Cada uma das oito possuía iguais acomodações: uma cama, esculpida na lápide plana, um colchão confeccionado com fibras de palmeira, estofado com painas, cobertores manufaturados com peles de animais curtidas, costuradas, tingidas em cores distintas; ao lado da cama, uma bacia, também de pedra, em formato de concha, que captava água cristalina do veio.

Deu-se conta de que o seu segundo "Eu" é que estava presente, ela encontrava-se na clareira, sentada, estática, rodeada pela ciranda de pessoas; entendia que o propósito de seus desdobramentos era encontrar as verdades que ficaram recônditas, desvendá-las, ir ao fundo da história, trazer as respostas. "Mas como?" Não encontrara nenhum habitante, ninguém para perguntar, nem a Noitestrelada, que ficou na clareira. Indagava-se. "Por que aquela construção? A que se destinava? Por que tantas minúcias e caprichos?" Prestando atenção no sussurrar constante das águas, que circulavam em quedas, veios, bicas, minas e no rio subterrâneo, conseguiu ver, sobre um nicho, uma escultura de pedra, do tamanho do braço de um adulto, retratando um réptil, a boca aberta, dentes à mostra, no lugar dos olhos, duas pedras verdes brilhantes faiscavam; não parecia hostil nem assustador. "Sou o guardião do lugar e das histórias." O timbre era o mesmo da voz que lhe dissera para entrar. Fez-lhe uma reverência e seguiu rumo à nona caverna.

9. Nona Casa do Relicário

A memória é viva
Percorre o Tempo
Soma-se às outras memórias
Juntas vagueiam
Procuram receptores

– Awọn Oludamoran Iya

A nona gruta, maior que as demais, oposta à entrada, guardava surpresas. Formações rochosas constituíam uma grande abóbada, com meios arcos ladeados, semelhante à arquitetura gótica, davam-lhe um ar de solene beleza. Ela deslumbrou-se com a luz do sol, que se infiltrava pelas frestas da cúpula derramando luminosidade em cores contrastantes sobre o lago subterrâneo que, serpeando, corria. Não contendo o ímpeto, equilibrou-se pela encosta, alcançou com as pontas dos pés a superfície azul cristalina, a agradável temperatura convidava ao mergulho, entrou, abriu os braços, boiava relaxada, sentia um ar benfazejo, como se estivesse adentrando o líquido amniótico no útero da terra. Desdobrada no seu terceiro "Eu", deixou-se flutuar na mansidão, adentrando no significado submerso daquelas construções naturais. Compreendeu a importância daquele local especial, que se destinava aos ritos de recepção das crianças ao nascerem, celebrando-as como esperança da continuidade. Proporcionando a elas a certeza de pertencerem à Mãe Terra, num elo fortalecido com o universo, revelando-lhes as forças que as protegeriam e as guiariam no caminhar, aprenderiam a respeitar e usar com sabedoria, em benefício próprio e de todos.

As "Awǫn Oludamoran Iya", Conselho das Sábias, representavam os oitos "idile"; clãs, que formavam o povoado, acompanhavam as gravidezes das mulheres. As concepções das crianças aconteciam no verão, influência da vitalidade causada pela intensidade da luz solar nos organismos vivos. Os nascimentos ocorriam na primavera, quando a natureza se renova, explodindo em vidas. As sábias mulheres, égides do conhecimento, detentoras de saberes específicos, agradeciam ao Universo e à Terra e atinavam, de antemão, em quais úteros estavam sendo gestados meninas ou meninos. Reuniam-se ao entardecer, banhavam-se nas águas do lago. Em frente às grutas, sentavam-se sobre um tecido, feito de vegetações abundantes nas cercanias. Os panos eram ornados com octogramas iguais, mas incluíam distintos grafismos dinásticos que, em cores diferentes, ornamentavam o centro da estrela de oito pontas e simbolizavam o clã que representavam. Por infinitos instantes, comunicavam-se a partir das ondas dos pensamentos, abaixavam a cabeça, colocavam a testa em contato com o solo. As vibrações pulsantes do coração da Terra envolviam-nas num carinho arrebatador. As respirações ritmavam, intensificavam-se até o ápice do êxtase, espalhando, numa interação sensorial, radiações energéticas para os habitantes do povoado. Sentindo a leveza, que seria capaz de fazê-las levitar, as matriarcas, em uníssono, suspiravam profundamente.

Plenas e revigoradas, ligadas por auréolas de vapores de águas, expelidas de dentro da coluna térmica, purificando-as, posicionavam suas flâmulas, formando no chão o círculo emblemático da nona casa, símbolo de união, integrando como nação os oitos clãs, fortalecendo o pacto de regeneração e plenitude. Apoiada no topo do pilar, a escultura do réptil-guardião vivificava-se em conexão com os ritos; os olhos, pedras verdes, faiscavam irradiando a força vital necessária para garantir a fertilidade e abundância por mais um ciclo de sustentação ancestral do povoado. As "Awọn Oludamoran Iya" entrelaçavam as mãos, entoavam cantigas, que se integravam com o som da cachoeira que se derramava sobre as pedras. Depois, mergulhavam nas profundezas das águas e emergiam, depois de um tempo, renascidas na conjunção com aquele lugar. Encaminhavam-se até o emblema, símbolo da unicidade, depositário dos elementos naturais e supranaturais que substanciavam a vida, pegavam a flâmula que as distinguia, e que guiaria os nascituros, cada qual se dirigia a uma gruta e estendia as insígnias por sobre as cabeceiras das camas.

As Conselheiras retornariam na próxima primavera, para os nascimentos das oito crianças possuidoras de aptidões especiais, que, orientadas com obstinação e cuidados, potencializariam os seus inatos poderes de mudar, influenciar os corpos físicos ao redor, rompendo impedimentos e superando obstáculos. As Sábias as amparariam, quando as últimas contrações as apartassem de suas mães. E, mais tarde, ao completarem a idade de nove anos, os ornamentos designativos de seus talentos no "igbasilẹ", ser-lhes-iam entregues no ritual de passagem, que os reconheceriam como os "olugbeja", defensores das "idilie", famílias unidas. Educariam, ensinando-os a desenvolverem seus talentos. Aos doze anos de idade, estariam aptos para, em novo "igbasilẹ" coletivo, obterem os instrumentos sagrados, confeccionados com as lascas trituradas da "okuta ọrun", pedra que veio do céu. As "Awọn Oludamoran Iya" consideravam que o nascimento só se completava quando a placenta, naturalmente, desligava-se do útero materno, expelida nos derradeiros pulsares do cordão umbilical, e, em respeito à substância, que alimentou o nascituro na vida intrauterina, era colocada ainda quente no "ikoko", pote contendo a "nkan", mistura de óleos e ervas aromáticos, sal marinho e pétalas de rosa.

Como folha conectada à árvore da vida, os recém-nascidos permaneciam ligados, pelo cordão umbilical, à placenta resguardada nos potes. Continuavam ativando os nutrientes e os elementos imateriais vitais no desenvolvimento da vida intrauterina, como sensibilidade auditiva, capacidade de comunicação telepática, habilidades latentes que os acompanhariam na vida extrauterina, auxiliando-os nas futuras missões, herdadas na ancestralidade longínqua. Amamentadas, confortadas nos braços maternos, vivenciavam os benéficos primeiros contatos, mãe e filho, pele a pele. No terceiro dia, a placenta secava, o cordão umbilical, ainda ligado ao bebê, quedava-se. Sem traumas, desfazia-se a tripla união que os mantiveram, por nove meses, como um só corpo, tornando-os capazes de estabelecer os vínculos afetivos com parentes e demais habitantes. Ao alvorecer do quarto dia, os "ikokos", decorados com as insígnias de cada "idilie", eram levados em cerimonial do "ayeraye", o eterno, até a gruta com a entrada protegida por "kasikedi", a abundante cascata. As "Awọn Oludamoran Iya" preparavam-se para agradecer à "Iya Aye", Mãe Terra, criadora da vida, pelo presente da energia sagrada da fertilidade, para que continuasse a nutrir a geração de outras vidas.

Fachos de luz que incidiam pelas aberturas da cúpula demarcavam oito anéis sobre a "okuta yika", grande pedra redonda. Os "ikoko" eram colocados no centro do círculo, demarcado pela luminosidade. O cantar das águas, que ressoava dentro da caverna, murmurava os "orukọ", nomes que norteariam para sempre os neonatos, concedidos pelo "Agbaye", Universo. As "Awọn Oludamoran Iya" sussurravam os designativos dos infantes, retiravam-se, batiam palmas compassadas, em direção ao fundo da caverna, onde folhagens densas protegiam a abertura, acesso à trilha que levava ao rio que desembocava no mar. Elas retornavam pelo caminho de "kasikedi", que espargia sobre suas cabeças respingos refrescantes. No quinto dia, ao amanhecer, retiravam as oferendas da "okuta yika", ouvindo o ressoar vigoroso das nascentes subterrâneas, como sinal de bons presságios. Num cortejo festivo das "oluko", mães, vestindo as roupas símbolos dos "idilie", carregando seus bebês ao colo, precedidas pelas

"Awọn Oludamoran Iya", entoavam cantigas, dirigiam-se à "ihò aye", caverna central. Encerrando os ritos de celebração da germinação da vida, devolviam para o coração da "Iya Aye", Mãe Terra, a matéria da força vital usada, reverenciando o crocodilo guardião, encimado na pilastra que protegia e salvaguardava as energias que circulam sobre e no subsolo da terra e depositavam os "ikoko" num orifício oculto rente ao chão.

No sexto dia, preparava-se o "aseye", banquete comemorativo, com peixes frescos do lago, frutos do mar recolhidos pela "àbíkẹyìn iya", a mais nova, a única autorizada a embrenhar-se pelas densas folhagens da passagem secreta. Os homens que, nos campos comunitários, plantavam e cultivavam raízes e vegetais, colhiam-nos e os ofertavam, em grandes cestos, na entrada da caverna, para comporem a refeição das mulheres. No sétimo dia, os habitantes reunidos na clareira das oito pilastras, onde se prestava homenagem às duas fases da vida – "lati bi", nascer e "lati ku", morrer –, aguardavam a "nla gbigba", grande recepção de apresentação dos mais novos cidadãos do povoado. Acendia-se uma fogueira aos pés da nona coluna. Num determinado momento, surgiam com galhardia as matriarcas, segurando os seus "ohun ọgbina", bastão de comando, coroado por uma escultura de cabeça de pássaro, com vários entalhes em relevo na madeira. Elas se postavam em frente às pilastras de representações dinásticas, sob os olhares respeitosos de crianças, adultos e idosos, que aguardavam a cerimônia do "lati bi", nascer. Ao verem as "Awọn Oludamoran Iya" tocarem o bastão no chão, as "oluko", mães, entravam com seus "Ọmọ" e acomodavam-se em confortáveis cadeiras. Como agradecimentos pelas novas vidas, sinal de continuidade, os aldeões colocavam sobre uma esteira os "laimu", mimos ofertados para as "oluko". Ao novo toque dos "ohun ọgbina" na terra, encerravam-se os ritos, e os habitantes retornavam para os seus afazeres cotidianos. O segundo "Eu" de Dorotéia, mergulhado na agradável temperatura do lago, em outro momento-tempo, vivenciava as sensações de ser uma das "oluko" e dava à luz um dos "Ọmọ".

10. 'Apakan' – Mortos Criam Asas

[...] No eterno verso que sopra existência
e desenha, assim, nossos caminhos de honras
nossos cotidianos e pensamentos e modos
páginas de uma história pedindo seus cantos [...]
[...] para afastar os predadores cupins
das nossas memórias e das nossas vidas.

– *Jovina Souza*

Antes de começar a longa viagem de entendimento interior, Dorotéia não escolhera nem passado, nem futuro, deixou-se levar incentivada por Marcílio, guiada pelas mãos da Noite-Estrelada. Na existência de vozes soprando verdades, dividiu-se em quatro "Eu's", que levantaram as espessas cortinas do passado, dissiparam os temores de só encontrar escombros. A última ligação, o quarto "Eu", o "Ọmọ opopona iku aye", representante de todas as possibilidades e contradições, aquele que corrompe os limites do tempo e do espaço, com lógica própria traz o inusitado, o absurdo, faz o sol brilhar à noite, e a lua, durante o dia; circula nas dimensões dos mundos, entra e sai pelos caminhos, porteiras e portais. Carregando o "opopona iku aye", poderoso "irinṣẹ" do caminho da vida e da morte, depois da cerimônia do "lati ku", transita pela amplidão dos espaços, transmudando a substância orgânica, consumida em vida pelos seres humanos, em energia imanente translúcida, transportando-a para o corolário da "Iya Aye", Mãe Terra. Especial importância era atribuída ao cerimonial de passagem dos "atijọ eniyan", idosos, e das "atijọ awọn obirin", idosas, que, sem nunca adoecerem, sabiam o dia exato que iriam compor a outra dimensão da vida, retiravam-se por sete dias, para a gruta "kú ati owurọ", morrer e amanhecer; embaixo da queda da água de "kasikedi", a abundante cascata, conversavam somente com as "Awọn Oludamoran Iya".

Alimentavam-se de algas, peixes e raízes, entoavam "oriki", cantigas de gratidão e despedida, enfatizando os três estágios de suas vivências, crianças, adultos e idosos, que ecoavam por entre as aberturas da montanha. Findo o prazo de existência, fechavam os olhos, o "Ọmọ opopona iku aye" os tocava com o "irinṣẹ", saudava-os pronunciando – "Apakan" –. Mansamente partiam, na gruta do "kú ati owurọ". As honrarias começavam só depois que as "Awọn Oludamoran Iya" preparavam, com dedicação, gratidão e respeito, os corpos que foram habitados, para reintegrá-los às ondas vibracionais do universo, sem fim e nem começo. Na gruta, acendia-se uma fogueira, colocavam-se folhas secas, enquanto odores acridoces recendiam, banhavam-nos, sobre as oitos "ipalara", com a "eweko", mistura composta por água doce, retirada do lago da gruta da vida, misturada à água salina do mar. Após empapá-los na "adalu", infusão, aguardava-se o efeito que impediria a decomposição, enxugava-os com "bunkun nla", grande folha. Na cerimônia de "kun awọn ara", morrer e amanhecer, eles recebiam a iluminação que os possibilitava a transcender, passando a existir na circularidade ilimitada do tempo-espaço. Eram pintados na região do tórax com o emblema do "idilie", em cores vibrantes; na testa, fazia-se um "rogodo", círculo, com pó branco que, ao ser molhado no "eweko", adquiria um prateado reluzente; desenhava-se no "ori" uma espiral na cor violeta, iniciando-se atrás das orelhas, na altura da nuca, terminando no alto do crânio.

Posicionados com os braços dobrados como asas, as mãos espalmadas na altura do peito, eram envolvidos com tiras de panos, umedecidos na "adalu", e recobertos com massa pastosa, como casulos, feitas de calcário, algas marinhas e essências perfumadas, que endureciam tornando-se uma inviolável blindagem protetora. Os "atijọ eniyan" e as "atijọ awọn obirin", embalsamados sobre as oitos "ipalara", em semicírculo aberto, para a entrada da gruta "kú ati owurọ", recebiam as reverências dos "ọmọ ẹhin", discípulos. Empunhavam na mão esquerda uma "tọsi", tocha; na direita, os "irinṣẹ", posicionavam-se atrás de seus "oluwa", mestres, aguardando a entrada das "Awọn Oludamoran Iya", que vinham acompanhadas dos oito futuros "Ọmọ", e dos oito novos "Oludamoran Agba"; carregavam "ikoko kekere", pequenos potes, contendo o "imọlẹ otitọ", luz e verdade. Derramavam sobre as brasas o "funfun lulú", pó branco, levantando uma fumaça tênue a princípio, depois intensa, espalhando cores de arco-íris no ar. Matizes coloridos faziam coreografias aleatória, sob a luminosidade da lua cheia, que penetrava pela cavidade do teto da caverna. Num efeito caleidoscópico, as luzes entrelaçavam-se, pairando sobre a cabeça dos "Asoju", representantes dinásticos, e formavam pequenos círculos, que distinguiam as "idile" de cada um. Eles, que enfrentaram desafios, transpuseram obstáculos, depois da "okú", morte, alcançavam a plenitude e o equilíbrio na ancestralidade, circulariam como vozes, em sonâncias e ressonâncias.

Segurando os "irinṣẹ", os "Ọmọ" dispararam centelhas energéticas, formaram uma aurora boreal, predominando o prateado intenso do luar, combinado com o violáceo da fumaça. As "Awọn Oludamoran Iya" encaminharam-se ao centro do semicírculo. "Apakan, Apakan. O ti ṣe" – Asas, Asas. Está feito – disseram, batendo os "ohun ọgbin" na terra. Tambores ressoaram. Os participantes em cortejo se retiraram da caverna, juntaram-se aos habitantes que esperavam do lado de fora. Rumaram para a clareira, carregavam tochas, com o brilho potencializado na atmosfera da madrugada, que na sinuosidade do caminho pareciam estrelas avermelhadas se movendo. Entoavam-se ladainhas, que atraíam o denso nevoeiro que penetrava por entre a mata, os sons da floresta silenciavam-se. Os embalsamados foram recostados na posição vertical às pilastras. A cantoria intensificada parou, quando a "Agbalagba", a mais velha das "Awọn Oludamoran Iya", espalmou a mão direita em direção ao céu, emitiu um trinado, imitando uma ave, tocou o solo três vezes com "ohun ọgbin". Encimado no cajado, o pássaro esculpido em madeira acendeu o brilho nos olhos; a névoa se dissipou envolvendo somente as colunas, condensando-se sobre o topo daquela localizada ao centro.

Por força de uma brisa suave, as tochas se apagaram. A nona coluna, como um farol avistado de longe, emitia feixes potentes em várias direções, as nuvens que a rodeavam modelaram o "nla ooni", que se apresentava com esplendor. Dentro da nébula, partículas elétricas se atraíam, lançando pequenas faíscas sobre os outros pilares, que, eletrificados, retribuíam desenhando na noite símbolos dos "idile" dos "okú" mortos. Os bicos das cabeças de pássaros, dos cajados das "Awọn Oludamoran Iya", e os "irinṣe" dos "Ọmọ" foram apontados em direção ao céu, enquanto o ritmo de pés batendo no chão cadenciavam a manifestação de júbilo dos habitantes. "Apakan, Apakan, Apakan" – pronunciavam, num crescente; à medida que os corpos dos "okú" levitavam como se tivessem asas, dirigiam-se ao cimo das pilastras. "Apakan, Apakan, Apakan" – repetiam, em consonância com o trinado estridente de pássaros emitidos pelas sábias mulheres, ouvidos na noite nos mais longínquos recantos da floresta. O topo se abriu para recebê-los, integrá-los à corporação invisível dos sábios, guardiões perpétuos, protetores dos conhecimentos. Desvaneciam as nuvens, levadas pelo vento para o alto das montanhas; quando o brilho da aurora despontou no horizonte, retomou-se o cotidiano da vida no povoado.

Iniciou-se um novo ciclo na localidade prenunciada na cerimônia sagrada da união de Zunduri com Ekon, quando no céu surgiu um arco-íris, aliançando o oceano ao recanto da Senhora das Águas. Ao se amarem ouvindo o canto da cachoeira, Zunduri engravidou. Retornaram para o povoado, foram recebidos com alegria, ela deu três voltas ao redor da fogueira, para fazer vibrar o calor da vida que carregava. Tocada por "Agbalagba", a mais velha das "Awọn Oludamoran Iya", revelou-se que no seu ventre pulsavam duas vidas, presente de "Agbaye". Os gêmeos, Takifu e Atsu, nasceriam na primavera. Era necessário vigiar e proteger, para que nenhum imprevisto os abalasse, eles completariam a nona coluna, a da completude infinita, seus "inrise" representariam a síntese de todos os outros. Mas uma antiga ameaça pairava sobre a tranquilidade do vilarejo, a iminência da chegada dos "eniyan koriko funfun", homens-brancos-gafanhotos. Contudo, os habitantes não se atemorizavam, abrigados na inabalável certeza de estarem resguardados do perigo, por possuírem a "agbara jagunjagun", força guerreira, e contarem com a proteção dos oito "Ọmọ", detentores de aptidões de manejar os interstícios da natureza na sua essência utilizando os "irinṣẹ", ferramentas criadas pelos artífices a partir de fragmentos retirados da pedra que veio do céu. A "okuta ọrun" veio trazida por um raio, antes da tempestade, tocou o solo, flutuou próxima ao chão, como uma bola de fogo amarela brilhante, cercada por um halo azul, e, ao desaparecer a luminosidade, revelou-se com a superfície áspera e o núcleo composto por matéria viva esbraseante.

Desde a gravidez gemelar, a vigilância redobrou. O "Ọmọ Ayika Ina", filho da esfera da luz, que era capaz de transportar-se em fração de segundo a centenas de quilômetros, transitava entre os limites dos mundos, rondava pela orla litorânea, utilizando "ayika ti ina", a esfera translúcida, que, colocada em frente aos olhos, abria espaços de dimensões profundas, além da percepção da vista. Nas costas praieiras, onde as ondas lambem a areia, espiava o alto-mar, para fora da linha do horizonte; circulava entre o passado, o presente, o futuro, verificando a aproximação de intrusos. Vislumbrou a chegada de invasores, vindos de lugares distantes, que possuíam a "agbara buburu", força do mau, cheiravam a bolor azedo, destruíam tudo, como onda de gafanhotos descontrolados. Tocavam fogo, quebravam o que não conseguiam carregar, fascinavam os incautos, que, enfeitiçados, causavam desavenças e discórdias, alimentando o apetite insaciável dos invasores. Aqueles que não eram dominados lutavam contra eles, causando danos aos seus "ọkọ", navios. No entanto, como pragas evocando o "agbara buburu", voltavam mais raivosos. Acorrentavam, arrastavam, sumiam com as pessoas, levando-as para longe em seus navios, tripulados por centenas de homens esquisitos; as velas retangulares, presas a altos mastros, ostentavam estranhos símbolos do "buburu".

Avisadas do perigo, as "Awọn Oludamoran Iya" se reuniram com os representantes dos "idile", decidiram a estratégia de defesa do logradouro. Na caverna da vida, foram instruídos pelo guardião "nla ooni", através da escuta da mente, sobre a necessidade de fortalecimento da nona casa, para ficarem ocultos das investidas dos aventureiros. Os "Ọmọ" foram incumbidos de cuidar da "okuta ọrun", que os tornava imbatíveis. Nas noites de lua nova, colocavam sobre a pedra os "inrise, se contatando à agnação de gerações infinitas, ocultadas na nona coluna. Takifu e Atsu, completaram a junção, ao receberem as suas ferramentas, com ilimitados poderes, que, em companhia dos outros "olugbeja", defensores, aglutinavam potencialidades, que afastariam o "agbara buburu", poder maligno, dos "eniyan koriko funfun". Nas ocasiões da imantação dos instrumentos, uma névoa se acercava do topo, uma luz se projetava dos dois orifícios semelhantes a olhos, e logo desaparecia. Com a constância da prática, o nevoeiro adensava-se, disparava descargas elétricas, absorvidas pelas pilastras, acumulando energia, como a dos vulcões, mas de relâmpagos prateados, que, armazenados, permaneciam potentes, vigorosos, em estado de repouso, podendo ser ativados ao comando dos "Ọmọ".

A cada novilúnio, os "Oludamoran Agba" os instruíam a unir forças, mobilizar os potenciais energéticos, que despertariam, quando necessário, o "nla ooni", grande crocodilo, que habitava a "ihò aye", caverna da vida, e se manifestava nas nuvens na clareira, acolhendo os mortos, dando-lhes as "apakan". Mas, se despertado em situações de extrema necessidade, traria elementos que poderiam acelerar ou avagarar a rotação na circular do tempo, com rupturas imprevisíveis. No entanto, Takifu e Atsu atenuariam, com renúncias pessoais voluntárias, os efeitos adversos em prol da coletividade. "Ọmọ Ayika Ina", com a capacidade de premunir, via longe; além dos limites demarcados pelo mar e montanhas, perscrutava o longínquo das cercanias, prenunciava a perigosa aproximação dos "eniyan koriko funfun". Os clãs, a partir de alguns indícios siderais interpretados pelos "Oludamoran Agba", entenderam a necessidade de intensificar a transmissão dos ensinamentos herdados na ancestralidade. Reuniam crianças, jovens e adultos nas noites de lua cheia, em volta das fogueiras e contavam a saga dos antepassados, que se instalaram naquelas terras, que constituíram uma sociedade baseada na cooperação e no respeito aos ciclos naturais da existência, inscritos em pormenores nas pilastras.

Dorotéia desdobrada, onisciente e onipresente, percorreu os espaços-tempo, adquiriu a compreensão que tanto buscara. As fronteiras dos mundos abriram-se para além dos limites físicos, um elo distante a unia aos que lhe antecederam, através de elementos intangíveis, soprados pelo vento, cochichando histórias sonorizadas pelas ondas do mar. Ela compreendeu os inexplicáveis sonhos recorrentes que a acompanhavam desde criança: via navios, mar em chamas, homens correndo, gritando, sendo devorados por um enorme réptil, que emergia, de repente, do fundo do oceano. Ao aproximar-se dela, mostrava-se dócil, incapaz de fazer-lhe algum mal, protetor, pronto para defendê-la de quaisquer ataques ou ameaças; exibindo uma espécie de sorriso nas mandíbulas, retornava para as profundezas. Os Eu's, de Déia lhe trouxeram entendimento, dando significado aos fragmentos de memória que possuía, revelando detalhes ocultados da história. Desejou mergulhar mais fundo; no entanto, a Noite-Estrelada, que lhe havia guiado zelosa, não se afastou do seu lado, olhava-a com carinho e amor, sinalizou que era o momento de voltar. Relutava em abandonar a clareira, levantou-se, girou em volta de si mesma. "Não eram escombros. Não eram escombros." Parou, tateou os desenhos das pilastras. "Não são escombros" – sorria feliz. Fora interrompida pela presença repentina de Marcílio, que lhe estendeu a mão. "Hora de voltar, minha velha!" Contrafeita, segurou a mão dele, queria respostas para muitas de suas perguntas. "Você não pode ficar. Aqui o tempo é outro. Aqui o tempo é imensurável. Tem que voltar, para proteger o corpo que você habita." Desistiu de ficar, pelo tom incisivo do esposo. Os "Ọmọ" a rodearam, empunhando seus "inrise", ela se sentiu acolhida, abraçada por feixes de luz, resolveu voltar.

No tempo presente, Dorotéia permanecia sentada no terraço, a fisionomia denunciava que estava sensorialmente distante, em devaneio. Tânia, que a observava através da janela da cozinha, acostumara-se com os momentos de ausência da sogra, respeitava seu estado contemplativo, como que hipnotizada pelos movimentos das ondas no horizonte, espalhando espuma branca, flutuando até desaparecer e uma nova surgir, num movimento contínuo. Mas, desta feita, preocupou-se. Dona Déia, ensimesmada, numa espécie de transe, não atinava aos acontecimentos ao seu redor, na sua viagem interior, sentiu um toque delicado em seus ombros: "Dorotéia. Dorotéia." – a nora a despertava com cuidado, chamava-a suavemente. "Estava longe, hein? Sonhando acordada?" A sogra olhou para o rosto preocupado de Tânia, que percebeu um brilho de encantamento em suas feições. "Olha, enquanto a senhora estava aí se extasiando com o mar, sua neta ligou, viu?" Sorrindo, continuou: "Maréia está contente. Conseguiu resolver tudo por lá. Breve, volta para nos ver. Vai trazer as sócias." Retribuindo o sorriso: "Vou conhecer as gêmeas Odara e Anaya! Que bom! Quando chegarão?" Voltou a contemplar o mar.

11. Vida Restrita

Quero a calmaria do dia.
Almejo a luz próxima e distante.
A tempestade noturna me atormenta.
Expurgo angústias em cada poro do meu corpo.
Esvaio-me e a dor não se esvai.

– *Alfredo Menezes de Albuquerque*

Taciturno, após a morte de Guilhermina e Branca, solitário, desamparado, Alfredo se via preso àquela mansão, milionária e sombria. Os suores não lhe davam trégua, ele impacientava-se pela cura, e os investimentos em tempo e recurso não produziam o efeito desejado. Preenchia seus dias na biblioteca da casa, passava horas sentado na cadeira de veludo vermelho desgastado pelo uso contínuo e prolongado. Pressentia a presença do pai, na demarcada silhueta de um corpo, no desbotado do tecido, que, por prazer mórbido, recusava-se a revestir, era como se ele estivesse no recinto para ler histórias. Aquele cômodo, seu eterno refúgio, na busca de sua individualidade e de aconchego. Na infância, consolava-se nos livros, fantasiando a realidade; adulto, procurava nas páginas alento, para fugir daquilo em que se transformara, um mero fantoche, na estrutura administrativa das empresas. Caminhava por entre as estantes abarrotadas. Nas prateleiras, volumes que valiam uma fortuna, o acervo representava o poder de acumular patrimônios, colecionar objetos, um dos prazeres dos Menezes de Albuquerque – o outro prazer incidia em subalternizar pessoas, exercer domínio sobre elas. Dom Alfonso, corriqueiramente, na mesa do jantar, espezinhava, destilando, com empáfia, comentários desabonadores. "Temos eles na palma da nossa mão, aos nossos pés, fazem o que lhe ordenamos. Quando se sentem importantes, por alguns tostões extras, fazem muito mais do que pagamos, aumentando a nossa fortuna. Servir a nós, é para isso que servem."

Acastelado, rareava sua presença em público; substituído por representante nas atividades, fazia alastrar a fama de excêntrico, que, somada à de solteirão, acirrava comentários sobre as mortes dos membros da família. Conjecturava-se que talvez ele tivesse sido acometido pela maldição que pairava sobre os Menezes de Albuquerque. Sortudos nos negócios, acumulavam fortuna, propriedades, prestígios, influência, mas viviam pouco e isolados naquela mansão, sem usufruírem os prazeres que o dinheiro pode proporcionar. Desconheciam a enfermidade de Alfredo, que se agravava. Ele conseguia manter-se enxuto por curtos períodos, agarrava-se ao fio de esperança da cura, sofria, sem a presença protetora da silenciosa Branca, que o tratava com terna piedade; os outros empregados mantinham a distante polidez profissional. Sôfrego, aguardava a conclusão das pesquisas do doutor Wlade, que o informava dos riscos dos efeitos colaterais e postergava ministrar-lhe a medicação. Cansado da demora, certa feita, irrompeu o laboratório, localizado nas dependências da mansão, descontrolado; levantando o tom da voz, o que não era habitual, deu um ultimato à equipe de pesquisadores. "Cansei! Cansei! Não dá mais para esperar! Não dá mais! É muita embromação."

    Surpreendidos, largaram os instrumentos que manipulavam, sobre a bancada, pasmos, com a aparição de Alfredo descalço, de pijamas, exaltado, despenteado; nunca o haviam visto assim, encharcado, uma vermelhidão tomava conta do seu rosto, os olhos verdes faiscavam, fez lembrar Guilhermina nos surtos de fúria. O doutor Wlade, que examinava no microscópio uma amostra de tecido orgânico, não se abalou com a interrupção, acostumado, após anos de trabalho, aos destemperos dos patrões. Aturava os rompantes de humores, em troca da ótima paga e da considerável autonomia para pesquisar e escrever artigos para revistas científicas, construindo reputação invejável. Dirigiu-se ao descontrolado, tentando acalmá-lo. "Calma! Estamos trabalhando nisso. Veja você mesmo. Eu e eles..." – apontando ao redor para os homens e mulheres estáticos, pareciam estátuas de cera. Continuou: "...estamos quase chegando lá. Só mais alguns testes. Não queremos colocar sua vida em risco. Precisamos estar completamente certos do resultado. Falta pouco. Muito pouco." Serviu a Alfredo um copo com água, acrescido de calmante.

Desenhava esquemas técnicos no quadro, fixado na parede, falando em linguagem médico-científica como se estivesse num congresso com especialistas; ao encerrar a explanação, solicitou: "Só mais algumas semanas, nós poderemos fazer os primeiros testes em você, com segurança. Só mais algumas semanas. Prometo. Tenha paciência. Estamos trabalhando com afinco." Alfredo sonolento concedeu; porém, na voz pastosa, inseriu ameaças: "Três semanas, dou-lhe três semanas, nada mais. Você vai começar a ministrar o tratamento. Senão... Você sabe... posso colocar sua carreira em risco. Cortar verbas, interromper suas outras pesquisas. Despedi-lo não posso, pelo testamento do vovô, mas vou usar outros meios. Três semanas! Você está avisado." Saiu cambaleante, observado pelos funcionários, deixando o chefe do laboratório aborrecido. O médico odiava receber ordens. Voltou-se para os pesquisadores. "Vamos acelerar. Vocês ouviram o patrão... Querendo ou não o 'suadinho' é o patrão. Vamos voltar ao trabalho, sem perder tempo. O prazo é curto. Vamos!" No quarto, acometeu-o um misto de tristeza e revolta, ao lembrar de sua mãe, que no agravamento da enfermidade, recusava-se a tomar banho e a pentear-se. Arrependido de se apresentar desgrenhado, falou, refletindo-se no espelho: "Isso não vai mais acontecer. Mas o que foi, já foi." Despindo-se das roupas úmidas, resmungava: "Isso vai acabar. Três semanas. Três semanas. Ele está avisado." Banhou-se, enxugou-se, deitou nu na cama, dormiu o dia todo.

Toque suave na porta, informando que a mesa do jantar estava posta. Apesar de não ter companhia para a refeição, vestia-se com o rigor de sempre, descia as escadarias, com a impressão de que

Dom Alfonso estaria à cabeceira, olhando, conferindo, procurando algum deslize no seu trajar. Aquele lugar à mesa agora lhe pertencia, jantava só, sob os olhares austeros e estáticos dos emoldurados nos quadros. Alimentado, confinou-se no escritório, analisando o projeto cultural aprovado, que propunha a criação de orquestra de câmara, constituída somente por mulheres, com repertório que mesclava o popular, o erudito e músicas inéditas, prevendo várias apresentações em teatros municipais do país. Demandaria verba considerável, mas o risco valeria, atrairia contribuições generosas de empresas parceiras da ACEMA, ele reapareceria em público, curado, reafirmando-se como o grande e altruísta filantropo. Leu alto o nome do beneficiado e o título do projeto: "Maréia Nunes Santos - Réquiem à Marujada – Vozes que nos habitam". Repetiu o complemento do título: "Vozes que nos habitam. São muitas as vozes que me habitam. São inúmeras essas vozes. Infinitas vozes, moram dentro desta casa. Vozes e vozes não preenchem este vazio aqui." Sua fala reverberou no recinto, qual um presságio. Colocou a mão sobre o peito, para aplacar a dor aguda da solidão que o abatia, voltou a atenção para o cofre, no qual o avô guardava as relíquias de família. Abriu a pesada porta, sentiu um cheiro de mofo, misturado a odores que não soube identificar. Decepcionado, resmungou de si para si: "Velharias. Tudo aqui são velharias. Velharias."

    Esperava encontrar o estojo que lhe despertava curiosidade sobre o conteúdo secreto, valioso com certeza. Observava, às escondidas, Dom Alfonso retirá-lo, colocá-lo sobre a mesa, fitando-o, misterioso, recolocando-o no mesmo lugar, sem abrir. Lembrou que o patriarca, próximo dos seus últimos dias de vida, ao se perceber espionado, chamou-o e, em vez de repreendê-lo, confidenciou, segurando o estojo em uma das mãos: "Aqui contém uma relíquia, que está conosco há anos, séculos eu diria, para ser mais preciso. Tem história sobre o seu conteúdo, em que nunca acreditei. Crendices, sempre considerei serem crendices. Ignorância mesmo. Mas, não sei por quê, passei a acreditar em maldição. Eu que nunca acreditei. Mas... acho que estou ficando velho demais." Pareceu fraco, alquebrado, sentimental. Alfredo, aproveitando-se da inusitada fraqueza do velho, arriscou pedir para ver o conteúdo. Contrafeito, fulminou o neto com o olhar duro, trancou o artefato no cofre, nunca mais tocou no assunto. Antes de falecer, zeloso de seus bens, depositou a caixa, junto com outras preciosidades, no Banco Realeza Sociedade Anônima.

Intrigado, resolveu encontrar a pequena canastra, desvendar o seu conteúdo, que fora capaz de causar temor ao avô, a ponto de retirá-la da mansão. A busca preencheria seus dias, enquanto aguardava o resultado das pesquisas que o livraria da profusa sudorese. Incumbiu-se da tarefa que lhe pareceu fácil; no entanto, o inventário de objetos armazenados continha vários itens, porém, não a relacionava. Havia vários artigos, quadros, joias, baixelas, candelabros, vasos, móveis antigos, identificados por código de letras e números. Encontrar o que procurava seria uma aventura de caça ao tesouro, nos corredores labirínticos e subterrâneos do Realeza S/A, abrindo os caixotes-arquivos. Dado à cláusula de confidencialidade e à natureza restrita das galerias, teria que fazer pessoalmente, motivando-o a sair do refúgio, dos muros da mansão, expor-se em público, não obstante o constrangimento de suas roupas, que, apesar de especiais, dependendo do estress emocional, encharcavam-se com rapidez.

Passou a vistoriar, após o almoço, os cofres no Realeza S/A. Sabia o que procurava, mas a canastra fora camuflada pelo avô entre os objetos não declarados no testamento, não identificados no catálogo, para não ser encontrada, dificultando a tarefa, o que o forçava a inspecionar um a um. Alfredo adquiriu o hábito de falar com os autoritários antepassados imortalizados nos retratos, interrogava-os enquanto ingeria o *consomé*, a colheradas, sentindo queimar por dentro, mas era a única sensação de calor que compensava a falta de abraços afetuosos. Enclausurava-se na biblioteca, esperançava-se pelos resultados das pesquisas, que os livrariam de vez daquela vida restrita. O prazo que dera estava terminando, a equipe do laboratório se empenhava com afinco. Imaginou-se livre, fez planos para além daquelas limitações. "Vou ser eu." Falou de si para si. "Vou ser eu mesmo" – disse mais alto. "Eu. Eu. Eu." Ao se aperceber falando sozinho, riu em descontrole, parou repentinamente, sentou-se na cadeira de veludo vermelho, encostou a cabeça no espaldar, ensimesmando, sussurrou: "vozes, vozes, vozes..." Voltou a repetir como um mantra, com os olhos fechados: "vozes, vozes, vozes". Recordou Guilhermina, Francisco, Dom Alfonso, Dorinha e Augusto; levantou-se num rompante, para espantar o receio de ficar igual a sua mãe, conversando com fantasmas. Pegou um volume, ao acaso, na estante, como autônomo, abriu e leu alto.

> Eu, caindo de sono e exausto de fadiga,
> Ao pé de muita lauda antiga,
> De uma velha doutrina, agora morta,
> Ia pensando, quando ouvi à porta
> Do meu quarto um soar devagarinho,
> E disse estas palavras tais:
> "É alguém que me bate à porta de mansinho;
> Há de ser isso e nada mais."

As palavras ecoavam no recinto, causavam-lhe arrepios, o impeliam a continuar, num estranho magnetismo.

Abro a janela e de repente,
Vejo tumultuosamente
Um nobre corvo entrar, digno de antigos dias.
Não despendeu em cortesias
Um minuto, um instante. Tinha o aspecto
De um *lorde* ou de uma *lady*. E pronto e reto,
Movendo no ar as suas negras alas,
Acima voa dos portais,
Trepa, no alto da porta, em um busto de Palas;
Trepado fica, e nada mais.

Diante da ave feia e escura,
Naquela rígida postura,
Com o gesto severo, – o triste pensamento
Sorriu-me ali por um momento,
E eu disse: "Ó tu que das noturnas plagas
Vens, embora a cabeça nua tragas,
Sem topete, não és ave medrosa,
Dize os teus nomes senhoriais;
Como te chamas tu na grande noite umbrosa?"
E o corvo disse: "Nunca mais".

Tomado por uma sensação de finitude, o livro às mãos, postura tensa de orador de turma, expressou-se a um auditório imaginário:

"A vida me roubou tantas coisas! A morte me roubou, não foi a vida! A vida só não me roubou a morte. Todos se foram. Todos! Depois de mim, o que restará? Não verei os meus filhos descerem as escadas de mármore? Sentarem-se à mesa na sala de jantar? Filhos? Os terei? O sorrir, meu sorrir, o sorrir deles, nunca será? Não lembro quando sorri, nem lembro se sorri. As vozes... as vozes que me habitam são austeras, abafadas, soterradas por múrmuros de outras tantas vozes. Vozes que desconheço. De quem são as vozes que sobressaem numa cantilena constante? De quem são?"

Continuou os versos de Edgar Allan Poe, que lhe desencadeavam estranhas sensações de repulsa e atração; não conseguia parar:

Segunda vez, nesse momento,
Sorriu-me o triste pensamento;
Vou sentar-me defronte ao corvo magro e rudo;
E mergulhando no veludo
Da poltrona que eu mesmo ali trouxera
Achar procuro a lúgubre quimera,
A alma, o sentido, o pávido segredo
Daquelas sílabas fatais,
Entender o que quis dizer a ave do medo
Grasnando a frase: "Nunca mais".

Impelido por um cansaço profundo, sentou-se novamente na cadeira vermelha, sem desprender o olhar das páginas:

"Profeta, ou o que quer que sejas!
Ave ou demônio que negrejas!
Profeta sempre, escuta: Ou venhas tu do inferno
Onde reside o mal eterno,
Ou simplesmente náufrago escapado
Venhas do temporal que te há lançado
Nesta casa onde o Horror, o Horror profundo
em os seus lares triunfais,
Dize-me: existe acaso um bálsamo no mundo?"
E o corvo disse: "Nunca mais".

Fechou o livro, afundou-se no veludo já gasto, o suor a fluir pelo corpo, ancorou-se na esperança de cura. "Vou me livrar disso." Dirigiu-se para o quarto, afastando uma ponta de incerteza, pensativo, deixou o livro sobre a mesa.

12. Oniriki

Onde o desconhecido se torna conhecido,
o improvável é possibilidade de existência.

– *Takatifu e Atsu*

Os parentes e amigos, para pilheriar, quando Dorotéia se retirava para a varanda diziam: "Hora dos devaneios de dona Déia." Ela reagia à brincadeira rindo, e amistosa respondia: "Parem de mangar de mim, seus tolos! Vocês não sabem o que estão perdendo. Vejo lugares incríveis. Falo com pessoas legais, bem mais educadas que vocês, que ficam me amolando com isso. Querem saber o melhor de tudo? Não pago nem um centavo. Fico lá, sentada na minha varanda, de olhos bem abertos. Quer saber de uma coisa, seus chatos? Para sonhar, é preciso estar bem acordada. Olha! Vê se vão amolar outro, viu?" Ela entendia que, naqueles momentos, recebia transmissões de conhecimentos, para além do plano concreto, advindas de dimensões de tempo e espaço fora do alcance deles. Quando Marcílio era vivo, ela contava com sua compreensão e respeito, ele a surpreendia envolvida em seus pensamentos, aproximava-se de mansinho sem interromper, sentava-se ao seu lado observando-a com paciente ternura, até sua presença ser notada. "Então, minha velha! Viajando de novo?" – abraçando-a, dizia afetuoso. Ela, acolhida em seus braços, segura, agradecia o dia que o conheceu, teve certeza de que formariam uma família. Confiava a ele, em pormenores, os lugares, pessoas, emoções, cores, sons e cheiros experienciados.

Ouvia-o dizer: "É... nunca estamos totalmente acordados, nem totalmente dormindo, estamos sempre a deslizar, como navegadores, num mar onde as ondas se entrecruzam, levando-nos para lá e para cá. Não é deriva, minha velha, são coordenadas do tempo. Pois é, nem totalmente dormindo, nem totalmente acordados." Em seguida, de mãos dadas, ficavam em silêncio observando o mar, cada qual com o seu sonhar. Antes, Dorotéia divagava ao sabor das marés, como ele dizia. Mas, ao mergulhar nas águas do lago na "ihò aye", caverna da vida, aprendeu a exercer o controle, traçar rotas, determinar lugar e época a explorar. Na clareira das nove colunas, as "Awọn Oludamoran Iya" lhe revelaram: "Dorotéia, você possui o "ẹbun."" – dom de se deslocar entre o espaço e o tempo, sem sair do lugar físico real. "Você pode percorrer outras dimensões, sem perder a conexão com nenhuma das realidades. Seu nome é "irin-ajo akoko" – aquela que percorre no tempo. "Você é herdeira do "Ọmọ akoko", um segredo que deverá guardar e exercer com sabedoria. Aprenderá, aos poucos, dominar." Ela, ensimesmada, sabia que expandiria sua habilidade, praticando o seu talento herdado, encontraria as respostas desejadas.

Permanecia, longos períodos, observando a trilha de luminosidade que a lua cheia traçava sobre as águas. Entretanto, Tânia, apesar de não estranhar os desligamentos da sogra, preocupava-se, interrompia-a com insistência. Ela, driblando a curiosidade, atendia-lhe desconversando. "Oi, querida. Eu estava aqui distraída. Pensando... Recordando... Sabe como é? Saudade é igual cantiga de marinheiro. Não se preocupe, não é tristeza. É alegria em lembrar. Relembrar é reviver." A nora, amada como uma filha, acreditava tratar-se de nostalgia, pela ausência dos entes queridos, não se apercebia inconveniente com seu excesso de atenção. Certa feita, Dorotéia, ao deixar a mente vaguear, olhando o rastro prateado luminoso, formado pela incidência dos raios lunares sobre as águas, percebeu que eles se expandiam, alongando-se. O céu espelhava-se no mar. O mar espelhava-se no céu. Surgiu uma abertura estreita, que se dilatava, intensificando-se em luminosidade, com um magnetismo que a atraía para aquela passagem cônica. Relâmpagos riscavam o espaço, traçando inúmeras rotas a seguir, e luzes violáceas pipocavam, como fogos de artifícios na virada do ano novo. Ela, sentada no terraço, via-se espelhada entre o céu e o mar, e observava a si mesma sendo levada, em câmara lenta, por aquela brecha. Vivenciava o seu "ẹbun", compreendia que seu corpo não começava e nem terminava na sua pele, via-se desdobrada numa expansão luminosa.

Fascinada pela irradiação da cavidade luminescente, que formava numerosos filetes cintilantes, que, corcoveando, traçavam caminhos infinitos, com várias espessuras e brilho, entrecruzando-se no espaço, rompendo a óbvia cronologia linear. Percebendo que poderia estabelecer suas próprias coordenadas, escolheu a que se destacava pela intensidade amarela, que a levaria através das memórias do tempo, a percorrer as pegadas da conectividade ancestral, que a ligava a Takatifu e Atsu. Regressou à clareira para assistir a uma cerimônia especial. As "Awọn Oludamoran Iya" e os "Oludamoran Agba", sentados ao redor da pilastra central, formando um círculo, os oito "Ọmọ" ao centro, posicionavam-se em semicírculo, empunhando seus "irinṣẹ" acima de suas cabeças. A "Agbalagba", mais velha, avançou em passos lentos que mal tocavam o chão, parecia flutuar. Postou-se na abertura do semicírculo, levantou seu "opá", cajado, de cabeça de pássaro, girando-o ao redor de si mesma, emitindo trinados agudos, evocava os poderes do "nla ooni".

Parou, na mesma posição que originou o movimento. "É chegado o momento" – disse, contemplando o simulacro de olhos da nona pilastra, que acendeu a chama das vidas ali guardadas havia muitas gerações, dos "oku", que criaram "Apakan", nos ritos do "kú ati owurọ", morrer e amanhecer, tornando-se os guardiões perpétuos. "Vivemos cultivando o respeito a 'Aiye', Terra, mãe de todos os seres, com o cuidado de não tirar dela além do suficiente para nos mantermos. Aprendemos que a essência da 'Aye', Vida, existe em tudo que há. Sabemos que os componentes da 'Aiye' integram os nossos corpos, que a ela estão ligados. Nós somos ela, sobrevivemos nela, ela nos alimenta, nós a alimentamos. Toda a partícula dela nos habita, nós vivemos em harmonia com ela. Mas fomos avisados, por 'Ọmọ ojo iwaju', aquele que vê o futuro, que essa harmonia entraria em desequilíbrio. Esperamos, no tempo do 'Akọkọ', o nascimento de Takatifu e Atsu. Chegou o momento de completar a nona casa, revelar o que 'Agbaye' designou a eles" – a "Agbalagba" falava com certeza e sabedoria. "O ciclo se completa. O que se parece fim, abre-se para outros começos. É a espiral do 'Akọkọ', a força dos movimentos circulares infinitos. Takatifu, o designado por 'Agbaye' como 'Ọmọ opin', filho do fim, recebeu o 'irinṣe', feito com uma lasca da 'okuta ọrun'. Fomos ensinados pelos que vieram muito antes de nós, antes de tudo, e construíram as 'ọwọn ìmọ'. Mirou os "Ọmọ", sentados aos pés das sete "ọwọn", pilastras, que cada um representava, elevou a vista para o topo da nona "ọwọn", apoiou-se em seu "ọpá". "Vejo aqui, nesta noite, o que somos. Aprendemos a importância de cada coisa, desde o ínfimo grão de areia, da árvore mais exuberante, da montanha mais suntuosa, do pequeno regato que brota escondido debaixo de uma pedra, formando uma poça de lama, tudo faz parte do mistério da 'Aye'. Quando 'Akọkọ Julọ', o primeiro dos 'Oludamoran Agba', guiado pelo 'Agbaye', embrenhou-se na mata, encontrou a 'ihò aye', deparou-se com as nove 'ọwọn ihò', ouviu som da 'omin' correndo em abundância. 'Agbaye' mostrou a Akọkọ Julọ o que fazer, para se viver nessas terras. Orientou-o a construir as 'awọn ọwọn mẹsan', nove pilastras, da 'Iranti' e da 'Ọgbọn', para evitar a fraqueza do esquecimento." Novamente, ouviram-se trinados agudos, emitidos pelo "eye", pássaro, sobre o "ọpá", que ela segurava direcionado para o céu. Apontou-o para o pilar central. "O primeiro construído foi este aqui, no lugar exato onde, a mando de 'Agbaye', caiu a 'okuta ọrun', enviada do céu, trazendo os mistérios e poderes das 'kẹsan ile', para serem aprendidos e moldados os 'irinṣẹ' dos 'Ọmọ'. Aprendemos com o 'Akoko' que o fim é ilusório, o começo não tem limites para recomeçar. Sempre há um novo fio que se desenrola, que se enrola." Calou-se. A sonorização natural noturna sobressaiu, ouvia-se na clareira o cricrilar dos grilos, coaxar dos sapos, piados das corujas e ruídos de outros animais.

Prenunciava o auge da cerimônia, quando o pássaro urutau, "eye mẹrin oju", que possuía quatro olhos e um doce cantar, fez dueto com o trinar da "Agbalagba", calando os sons da noite. Comandado pela batida do "ohun ọgbina" no solo, Takatifu surgiu na ponta do semicírculo. Usava túnica rubra, ornada em prata, empunhando o seu "irinṣẹ" na mão esquerda, que emitia luz prateada; na direita, uma tocha flamejante em vermelho. "Nibi ni ọmọ opin. – Aqui está o filho do fim" – proclamou a "Agbalagba", reverenciando-o com um meneio respeitoso. "Jẹ ki a kí ọ" – vamos saudá-los – os "Ọmọ" responderam, apontando os "irinṣẹ" na direção da chama do archote. "Kaabo o ṣorisi, bem-vindo, você lidera" – pronunciaram. Takatifu, como "Ọmọ opin", preenchia a "ile kẹjọ", mas faltava o "mẹsan ọmọ" para completar o ciclo. O "eye mẹrin oju", pássaro de quatro olhos, que de dia dorme, à noite canta e enxerga dormindo, rompeu o silêncio, preenchendo a quietude da madrugada. A "Agbalagba", acompanhou-o no trinado, um relâmpago riscou o céu. Ela, com ambas as mãos, apontou o "ọpá" para a frente. "Ko si ohun ti o pari, igbagbogbo yoo wa ni ibere" – pronunciou significando que nada termina, sempre haverá o recomeço. Fincou o cajado no chão, levantando espessa nuvem de fumaça, branca e vermelha, que, ao se dissipar, revelou do seu lado direito Atsu, vestindo túnica prateada, ornada por detalhes em vermelho. Brandia o "irinṣẹ", em uma das mãos, na outra mão segurava uma vara curva, em cuja ponta pendia uma lanterna de luz intensa. A "Agbalagba" fazendo uma solene reverência disse: "Eyi ni ọmọ ti atunbi", apresentando Atsu como "Ọmọ bẹrẹ", o filho do começo, designado por "Agbaye", e exortou todos a saudá-lo.

Ao seu sinal, Takatifu e Atsu aproximaram a tocha incandescente à lanterna brilhante; misturando o vermelho e o prata, transformou-se numa só luminosidade. O clarão iluminou a clareira, concentrando-se sobre a "awọn ọwọn mẹsan", formando uma silhueta. Vozes uníssonas saudaram: "Nla ooni. Olugbeja. Ati Olugbala." – Grande crocodilo. Defensor. Nosso guardião –. A "Atijọ julọ", segunda mais velha, declarou: "Foi preciso aguardar até 'O. ti se', completar-se a 'ile kẹsan', nona casa. 'Agbaye' sinalizou o momento certo. O 'Ọmọ opin', e o 'Ọmọ bẹrẹ' são os elos do fim e do começo que faltavam para completar o nosso 'rogodo'. Eles são, por destino e designação no 'Agbaye', a certeza de que existe a renovação em tudo que enxergamos como final. As coisas findam e principiam, com a mesma energia vital. É o que se vê. É o que não se vê. Sabemos. A força do ilusório e do real mutuamente se alimentam, proporcionando o movimento do mundo. 'Opin' e 'Bere' serão capazes de caminhar pelo tempo e em outras terras, usando o poder da camuflagem, como o camaleão, assumindo qualquer aparência humana, adulto ou criança. Sabemos que a grande ameaça dos 'eniyan koriko funfun', homens-gafanhotos-brancos, se aproxima. Nossa maior defesa contará com Takatifu e Atsu, eles despertarão o 'nla ooni', na sua face devastadora, impiedosa e vingativa. 'Owa laaye'– ele está vivo –agirá contra os inimigos que ousarem afrontar os seus protegidos. E somos os seus protegidos."

Continuou vaticinando: "Haverá consequências, mas não há como contestar o destino. Nossa localidade, nossa forma de vida serão preservadas, seremos eternizados nas 'itan'. O 'nla ooni' nos tornará invisível, contra investidas de invasores, que só verão névoas; parecerá que nunca existimos ou perecemos. Irão dizer que aqui era uma ilha engolida pela ação de um vulcão, deixando correntezas perigosas à navegação. Não somos ilha, existiremos nas memórias e nos fatos." Conclamou os "Ọmọ" para apontarem suas ferramentas em direção a "ọwọn ìmọ". "A união soma os poderes, que decidirão nossa vitória. Os 'eniyan koriko funfun' chegarão com seus 'lati ngun', navios, espadas e armas que cospem fogo. Vão querer nos raptar, levar para suas terras, apartando-nos dos nossos, impor a 'irora iku laisi ọlá', dor e morte sem honra. Tentarão destruir tudo que encontrarem, mas aqui eles conhecerão a 'itajil', derrota. O 'nla ooni' despertado surgirá de dentro das águas, soltando 'didun', labaredas, pelos 'oju', olhos, cercará com imensas chamas os 'lati ngun'. Ondas do mar se levantarão, redemoinhos levarão para o fundo do oceano os apavorados 'eniyan koriko funfun'. Homens, mulheres e crianças acorrentados em seus porões serão libertados, viverão aqui no povoado, conosco. Os gêmeos, cavalgando o dorso do 'nla ooni', serão invisíveis, entrarão no único navio que restará, ficarão misturados à tripulação. Os sobreviventes da fúria do grande crocodilo viverão para contar a história apavorante, mas pagarão por ousarem afrontar 'nla ooni', o 'Akọkọ' os alcançará e aos seus descendentes".

Antes que as revelações causassem consternação, a "Agbalagba" pegou um baú, aos pés da "ọwọn ìmọ", colocou nas palmas das mãos de "Opin" e "Bere", os filhos do fim e do começo. "Aqui está. Abram! Peguem o que está dentro, como se vocês fossem um só." Retiraram o objeto que estivera guardado por incontáveis tempos. Seguravam-no admirando. Ele era arredondado, do tamanho da palma da mão de uma criança de sete anos; feito de lascas da "okuta ọrun", tinha oito furos nas extremidades e entalhes, em forma de raios, que os ligavam entre si e a "okuta momọ gara", pedra de cristal incrustada no meio. A Agbalagba, aproximando-se deles, apanhou o medalhão, tocando só com as pontas dos dedos polegares e indicadores, colocando entre suas mãos direita e esquerda, direcionou-o ao topo da "ọwọn ìmọ", e, de repente a imagem do "nla ooni" apareceu vívida, dentro da "okuta momọ gara". "Esse é o segredo" – falou dirigindo-se para Takatifu e Atsu. "O poder de nla ooni estará sempre nas mãos de 'Opin', fim, e de 'Bere', começo, irmãos idênticos gerados no mesmo ventre. Vocês partirão, mas nunca abandonarão esse lugar, que ficará a salvo dos predadores. Utilizarão o tempo de 'Akọkọ', o espaço que é espaço, o espaço que não é, o tempo que é, o tempo que não é, o corpo que é corpo, o corpo que não é, a existência que é inexistência, a inexistência que é existência, o que existe para um, inexiste para o outro. Utilizarão o contraditório dos múltiplos espaços de existência."

As premonições da "Agbalagba" continuavam. "Em terras distantes, vocês assistirão de perto aos 'eniyan koriko funfun', usando o 'agbara buburu'. Terão que agir contra eles, empregando, com discrição, os poderes de 'Agbaye' e do medalhão de 'nla ooni', vocês livraram muitos de nós dos sanguinários 'eniyan koriko funfun'. Motivarão guerreiros, protegerão mulheres e crianças, cuidarão para que os elos com a memória de suas existências nunca se apaguem. Serão tempos difíceis, e parecerá não haver vitória, nem glória em nenhuma ação. Mas a glória e a vitória estarão nas ações que atordoarão os 'eniyan koriko funfun', vocês são 'Opin' e 'Bere', fim e começo, sempre juntos." Entregou o medalhão a eles, acrescentando outras recomendações. "Cuidem! Não se apartem dele! Mas ele será apartado de vocês, para cumprir a missão de vingança, contra os que ousarem profanar nossos territórios. É um talismã, que por si só se incumbirá dessa missão com o poder de 'Àkọkọ', aparecerá e desaparecerá, nas mãos dos que forem raptados, e os ajudará nas fugas, nas lutas. Surgirá em posse dos predadores 'eniyan koriko funfun', causando mortes, infortúnios e, no fim, retornará a quem pertence, por direito de descendência."

Dorotéia ouviu alegres alaridos vindo da sala, despertou da longa viagem que empreendera, usando seu "ẹbun", entendeu o significado dos sonhos recorrentes que a acompanhavam desde criança. Onde apareciam navios, mar em chamas, homens gritando e correndo sendo devorados por um enorme réptil, surgido do fundo das águas, que, ao aproximar-se dela, mostrava-se dócil, protetor e incapaz de fazer-lhe mal, exibindo uma espécie de sorriso nas mandíbulas, retornava para as profundezas. Ainda envolvida com as imagens, fez menção de levantar-se, mas foi abraçada com forte entusiasmo por Maréia. "E aí, vozinha, sonhando acordada? Acorda pra vida!" Ao refazer-se da surpresa e do ataque afetuoso, Dona Déia viu, atrás da neta, as gêmeas; sorriu enigmática.

13. Diário de Marujo

> Navegar é preciso
> Viver não é preciso
> – *Fernando Pessoa*

Alfredo passava seus dias revirando caixotes-arquivos no subsolo do Banco Realeza Sociedade Anônima, no andar inteiro reservado só para guardar os objetos acumulados pela família Menezes de Albuquerque. Empenhava-se na obstinada procura pela caixa, quiçá Dom Alfonso tivesse ocultado segredos importantes. Ele revirava, desembrulhava, examinava bugigangas valiosas, quadros, álbuns de fotos antigas, talheres de ouro; retornava cansado. Depois do ritual mórbido de jantar, falando sozinho com as paredes, inteirava-se sobre os avanços das pesquisas. Planejava, quando curado, reverter as cláusulas do testamento, tornando-se mandatário verdadeiro daquele império industrial, casar-se-ia, teria herdeiros para dar continuidade ao centenário nome familiar. Certa noite, solicitaram sua presença, para demonstrar-lhe os avanços positivos dos experimentos; na expectativa, encaminhou-se para o laboratório, abriu a porta quase que solene. O Dr. Wlade sinalizou para que sentasse, afirmou terem baixado os riscos de efeitos colaterais para taxas suportáveis pelo corpo humano, mas, para garantir uma margem segura, novos testes deveriam ser feitos. "Visto à sua urgência Alfredo, poderemos pular essa etapa. Mas é necessário seu consentimento, documentado oficialmente" – falou o médico, resguardando-se; caso algo não saísse como o previsto, sua reputação estaria preservada. "Imediatamente, quero começar imediatamente. Sem testes. Chega de demoras. Imediatamente. Entenderam? Amanhã, deixo assinada a papelada. Assumo os riscos. Afinal, a vida é minha" – disse, controlando a excitação.

A vida tomaria novo rumo, acreditou, quando encontrou a canastra, entre o amontoado de preciosas tralhas; pegou-a com cuidado, como se, por encanto, ela fosse evaporar. "Agora, sim. Vou saber os segredos de Dom Alfonso." Abriu o ferrolho.

Decepcionou-se ao se deparar com um manuscrito, mas ao retirá-lo encontrou ocultada embaixo outra pequena caixa. Resmungou alguma coisa, uma sensação misturada, entre vitória e receio; apesar da curiosidade, não abriu o misterioso tesouro ali, no subterrâneo do banco Realeza. Na mansão, após passar pela seção de tratamento, apesar dos alertas, sentia-se bem, confiante; resolveu quebrar a sisuda rotina. Vestiu-se com chambre de seda azul, calçou um confortável chinelo acolchoado, confinou-se na biblioteca, iniciou a leitura dos alfarrábios amarelecidos, contendo relatos de viagem que descreviam em detalhes as grandes navegações, confrontavam de sobremaneira os volumes de livros acomodados nas estantes, na parte que ostentava o pomposo título: "As gloriosas conquistas das grandes navegações". Após percorrer as primeiras linhas, sentiu o estômago revirar, acreditou ser reação medicamentosa, mas, possivelmente, a narrativa pusilânime o enojasse da mesma maneira que ao Francisco, levando-o à morte. A lembrança do fatídico falecimento paterno o aguçou a continuar, como se ouvisse o autor daquele relato.

Antes de embarcar, nos ofereceram aventura e fortuna. Era de se esperar que, devido ao caos, as pestes e a fome, que assolavam nossa pátria, se conseguissem fazer voluntários sequiosos em fugir daquelas calamidades. Mas não foi o que aconteceu. Poucos estavam a acreditar naquelas promessas. As histórias que chegavam ao Porto, de coisas terríveis acontecidas além-mar, não motivavam a muitos. O recrutamento foi feito nas tavernas onde o vinho, de má qualidade, era servido a quem pudesse pagar com o que fosse. Os embriagados eram levados para as galês dos navios; quando acordavam não podiam mais retornar em terra firme. Aqueles que haviam cometido malfeitos, sem outra escolha, a não ser apodrecer nas fétidas masmorras, morrer ou trocar a sorte por embarcar nas embarcações igualmente fétidas, dormiam- pelo convés a céu aberto, sob as intempéries, vento, chuva, sol e o frio da noite que cortava a pele. Os víveres eram poucos, e a maioria deles, se não tivessem sido embarcados já podres, apodreciam pelo caminho, assim como a água de beber. Os porões do navio abarrotados de mercadorias que se traziam e levavam, sem espaço para mais nada.

Quando escasseavam a comida e a água, a fome e a sede se apoderavam. Delirávamos de febre e de exaustão, comíamos as carnes putrefatas dos animais transportados, que morriam nos porões. Ingeríamos biscoito bolorento e podre, repleto de larvas de insetos, encharcados pela água do mar e urina. Caçávamos os enormes ratos, que disputavam com os homens o espaço e a podridão das naus, os comíamos frescos, assim como as baratas. Morriam os mais fracos. Às vezes, não se entregavam os corpos dos mortos ao mar, suas carnes serviam de alimento para saciar a fome dos vivos. Ardia-se em febre, por vômito, diarreia. Desesperados com a imensidão do azul, quando atacados pelo mal da sede, delirando, muitos homens se lançavam ao mar, gritando sempre por água. Além das doenças, o desejo de fornicar, enlouquecia-nos os sentidos; para suprir, servíamo-nos dos meninos, entre nove e dezesseis anos, alistados por seus pais na tripulação como grumetes. Os miúdos recebiam o soldo, mesmo que esses viessem a perecer no além-mar, que iam direto aos bolsos dos progenitores, camponeses pobres, que invadiam as ruas do Porto, que se livravam de uma boca a mais para alimentar.

Havia os miúdos raptados, das famílias judias abastadas, embarcados à força; assim, a corte, além de obter mão de obra, mantinha sob controle o crescimento da população judaica. Eles, por serem mais saudáveis, eram nossos preferidos, aguentavam mais nossos arroubos exacerbados do que os campesinos pobres. Por vezes, desejosos de aliviar nossos impulsos naturais, nós os disputávamos em brigas e jogos. Quando as apostas eram coibidas pelo capitão, tentávamos comprar *os favores sexuais, com comida, água, artigos raros naquele inferno. No entanto, os oficiais, os nobres que embarcavam como passageiros, favorecidos da corte, tinham acesso aos melhores alimentos, ficavam com os meninos mais apessoados. Em desvantagem, não tendo com o que trocar, os surpreendíamos num descuidado qualquer, sem maiores escolhas; enquanto um segurava, o outro se servia. O que vencia no jogo era o primeiro a penetrar; assim, sucessivamente, um após o outro, nos aliviávamos, aplacando os desejos que nos queimavam as entranhas. Não raro, os corpos frágeis sucumbiam aos nossos fortes caprichos e acobertávamos facilmente o motivo da morte; afinal, a bordo, morrer nem sempre era explicável. Jogavam-se os corpos ao mar, como qualquer dejeto ou resto de comida. As cerimônias religiosas eram reservadas somente aos nobres e oficiais. O que imperava era sobreviver a qualquer custo, retornar e obter as riquezas prometidas.*

A narrativa, por certo de algum sobrevivente que voltou para buscar as recompensas merecidas, expunha verdades nuas e cruas do cotidiano das viagens marítimas. Aquele diário, sem enaltecimentos ou glórias, que ficou escondido pelo avô, impressionava Alfredo. Avançou algumas páginas. "Pode estar aqui a explicação do patrimônio econômico, causa de tanto orgulho a nós, os Menezes de Albuquerque" – falou alto, dominando o asco que o acometia.

Chegamos ao destino; depois de tanto mar, queríamos colocar os pés em terra firme, mas, por ordem do capitão, só alguns privilegiados da tripulação desciam ao porto, os outros permaneciam, realizando as tarefas de reparação e manutenção da frota. Ficamos atracados o suficiente para abastecer os porões com víveres e diversas mercadorias. Zarpamos, mas navegamos só alguns dias. Alarmamo-nos, tivemos que jogar ao mar metade da carne verde, atacada por uma febre estranha. O Capitão rogava praga, calculando os prejuízos, era a carga mais valiosa, lucro certo, encomendada por comerciantes, a fim de atender às demandas das lavouras, nas Colônias do Novo Mundo. Um dos tripulantes, recrutado no último porto, de posse de um mapa, informou, em troca de porcentagem sobre os lucros, a existência de um território inexplorado; com ventos favoráveis à navegação, os nativos supririam a carga perdida. Era chegar e pegar, sem precisar pagar. Eles mantinham-se afastados, sem contatos com outras tribos, eram dóceis, ingênuos. Convencido, o comandante Fernão Albuquerque se colocou na empreitada, desviou a rota, atrás das mercadorias cobiçadas.

De longe, não se via ninguém nas praias, mas, com certeza, a ilha era habitada; o indício era uma grande torre de pedra, avistada sobressaindo da vegetação, alcançando as nuvens no céu. O comandante Fernão animou-se, acreditando ter encontrado um povoado igual aos descobertos pelos castelhanos, com construções que guardavam riquezas, em prata, ouro e pedras preciosas, fáceis de pilhar. Desembarcamos com botes, homens armados, quinquilharias para trocar. Reinava um silêncio perturbador, ouvia-se o vento, as ondas do mar, nenhum outro som, nem pássaros ou animais. Acreditamos que os habitantes poderiam estar nos espionando. Ao virem os navios, embrenharam-se na mata. Aguardamo-nos, mas não apareceram, metemo-nos na floresta para capturá-los, mas nada encontramos. Ouvimos um canto de ave e, imediatamente, uma densa névoa nos encobriu, não podíamos ver nada ao redor, mas nos sentimos espionados e seguidos. O nevoeiro se amainou, abrindo uma trilha à nossa frente, seguimos por ela, retornamos ao mesmo lugar na praia, mas, com a bruma densa, não avistávamos os nossos navios ancorados. Outra vez, o trinar de pássaros, mais forte, vindo de todas as direções. Apossou-nos a vontade de fugir em desabalada carreira, mas as pernas não obedeciam, ficamos paralisados, presos ao chão.

A nébula se dissipou, apanhamos os botes, remamos feito loucos para os navios. Os marinheiros que vigiavam também foram encobertos pela espessa nuvem, e, ao darem por si, os porões estavam vazios, o restante das carnes verdes havia sumido. Por ordem do capitão, levantamos âncoras, içamos velas, prontos para zarpar, para longe daquele lugar amaldiçoado; porém, as águas ficaram revoltas. Emergiu uma fera atacando raivosa, engolia a tripulação. Os gritos lancinantes de pavor e o corre-corre só pararam quando o monstro jogou o corpanzil sobre as embarcações, arrastando-as para o fundo do oceano. Estávamos à mercê daquela criatura em fúria. Parecia um crocodilo que avistei em algum lugar capturado numa gaiola, mas eu estava atônito com o tamanho descomunal da besta, do olhar que brilhava como lança-chamas. Achei que era o meu fim, que a embarcação de onde eu assistia às desgraças acabaria náufraga, como as outras. Marujos apavorados se jogavam da murada. Porém, a fera parou o ataque, mergulhou como que obedecendo a um comando, sumindo no fundo das águas. Em meio à balburdia, o capitão Fernão Albuquerque, empunhando o florim, espetando o ar, gritava: "Todos aos seus postos! Preparar para sair deste local infernal." Tentava estabelecer a ordem; no entanto, os comandados não passavam de meia dúzia de apavorados recrutas.

A custo, com os poucos homens a bordo, colocamos a embarcação em alto-mar. Conferimos a carga, haviam sumido os homens, mulheres e crianças que, acorrentados, não teriam como fugir. Procuramos em todos os cantos, surpresos, encontramos dois deles, entre os barris, sentados frente a frente, tocavam-se com as plantas dos pés, demonstravam tranquilidade. Livres das amarras, vestidos, aparentavam estar bem alimentados, pareavam a idade dos grumetes; estranhei aquelas presenças, que estavam de posse de uma caixa aberta no chão, que emitia um brilho azulado. O capitão, intrigado, não se lembrava de tê-los embarcado, os negros que trazíamos, saqueávamos deles o que podia ter valor, inclusive as roupas, antes de colocá-los na embarcação, cobertos por ínfimos trapos. Esses dois no convés eram diferentes no comportamento daqueles que sumiram, não havia medo, nem a intenção de escape. "Que raios! São todos iguais. Estão aqui é porque trouxemos. Oras! Não vamos jogá-los pela murada só para divertir a marujada. Não valerão grande coisa no mercado, mas serão de alguma serventia a bordo" – disse conformando-se. Eu desconfiado guardei meus temores, com receio de aborrecê-lo ainda mais. O capitão matutava, como se recuperar dos prejuízos. Os investidores lá no Porto não acreditariam na história de ilhas e monstros.

 Com os poucos marinheiros que sobreviveram ao ataque da fera, prestes a se amotinar, o Capitão Fernão fez planos. Rumaríamos para a Colônia mais próxima na rota, venderíamos o que restou de mercadoria, dividiríamos o dinheiro. Acalmada a tripulação, seguimos. Intrigava-me a docilidade dos dois meninos, não foram colocados a ferro, vagavam pelo convés. Usados como grumetes, vigiando na cesta do mastro, revezavam no manejo da ampulheta, informando quando a areia passava de um lugar para o outro. Curioso, eu os observava; eles informavam, com precisão, as condições do vento, como meninos do tempo, sem necessidade de usar os instrumentos. Pareciam conversar com as águas, os pássaros e os peixes; apanhavam, sem esforço, o suficiente para a alimentação. Tornaram-se indispensáveis, eram protegidos pelo capitão, que não retirou deles a estranha caixa e ameaçava punição severa a quem os molestasse. Confidenciou-me: "Deixe-os, ao chegarmos, vou vendê-los, junto com a tralha que carregam. São de valia agora, e de muito mais valia depois." Eu os vigiava com curiosidade, não só para cumprir as ordens, mas pelos meus próprios interesses, se a caixa contivesse algo de valor, eu iria apossar-me, mas, naquele momento, era prudente cumprir o meu trabalho, para não correr o risco de perder a vida na lâmina do capitão.

Eu os via à noite no convés; com o amontoado de carga, preparavam o nicho para dormir, frente a frente, como fossem reflexo no espelho, abriam o enigmático objeto, balbuciavam na língua selvagem deles. Uma luz azul brilhante resplandecia, cá para mim, era uma pedra preciosa, que despertava a minha cobiça, igual às que via, decorando os pescoços dos nativos, das localidades onde aportávamos, mas eu era impedido de surrupiá-las, para não comprometer o sucesso do comércio e dos lucros. A viagem transcorreu sem percalços; os negros, improvisos de grumetes, mandavam no clima, não houve tempestades, nem calmaria; singramos até a Colônia. Ao chegar, confiscamos a caixa-amuleto dos negrinhos, sem que esboçassem reação, como se soubessem que dela não se separariam. No cais do porto, um comerciante que recebia suas encomendas vindas por um outro navio, ao relatarmos a docilidade e habilidades dos miúdos para cumprir tarefas, os comprou a bom preço. Ao ver a caixa e abri-la, encantou-se com a pedra, incrustada no centro do medalhão e acreditou tratar-se de relíquia valiosa do além-mar, pertencente a alguma nobreza exótica. Eu, por minha vez, estranhei a aparência comum; a ausência da luz azul, de intenso brilho, decepcionou-me, não era a pedra preciosa que imaginei. O provinciano negociante achava que arrematara, por pechincha, uma relíquia valiosa; com ares de imponência, deu a caixa e outros embrulhos para os negrinhos recém-comprados carregarem. Pensei ter enlouquecido, com as aventuras assustadoras vividas, quando vi de relance o monstro que nos atacou seguindo os meninos, caminhando atrás daquele que os comprara.

Dividimos o butim, a tripulação dispersou, o capitão e eu ficamos com a maior parte dos lucros, afundamos o navio em alto-mar, voltamos de bote para o cais e nunca mais o vi. Cumprindo a minha parte na farsa, escrevi para os credores no Porto, informando sobre o ataque de nativos canibais, eu, como o único sobrevivente do naufrágio, bem dizia a boa sorte de sair vivo do infortúnio. Mas não gastamos o dinheiro recebido, parecia termos contraído uma peste fulminante, uma gosma branca escorria pela boca e, por último, dois filetes vermelho sangue prenunciavam a morte rápida e dolorosa. Do capitão Fernão Albuquerque nunca mais tive notícia, sumiu, deve estar morto. Eu também já estou morto, é uma questão de dias. Procurei o comerciante para alertá-lo, ele não me quis ouvir, disse-me ser avesso a superstições de marinheiros, insisti, mas, logrado no meu intento, vou deixar no seu armazém esse diário, quem sabe ele se convença e se livre da caixa e dos negrinhos, antes que tarde seja.

Amanheceu, Alfredo ficou em claro, lendo o diário do marujo Almeida, que não dava nenhuma pista do paradeiro do Capitão Fernão Albuquerque, e se teria sobrevivido à maldição. Cismado com a pequena canastra sobre a mesa, lembrou do avô dizendo: "Superstição de gente ignorante". No entanto, se fossem crendices, não explicaria por que o patriarca se esforçara tanto para ocultá-la. Abriu, encontrou um medalhão exótico, de péssimo gosto. "Superstição de gente ignorante" – a voz de Dom Alfonso parecia sair das paredes, não valeria se arriscar, mesmo se tivesse valor econômico; decidiu livrar-se dela, presenteando, como uma gentileza adicional, a maestrina patrocinada pela Fundação de Incentivo Cultural ACEMA.

14. Encanto das Águas
"Omi ifaya"

O brilho da lua abre caminhos no oceano.
Ao longe, acenam-me.
A maré cheia sussurra vozes.
Eu me encanto, sou a cachoeira na mata densa
Desaguando no mar.

– *Anaya Omi*

Despertada de seu devaneio, inundada por abraços e beijos efusivos de Maréia, que a interrompia, com o rompante próprio dos jovens. "Acorda, dona Déia! Vem cá! A senhora que gosta tanto de ficar admirando as águas, vou lhe apresentar as águas de minha vida", disse a neta, conduzindo-a com carinho até a sala onde se encontravam, rodeadas por malas, pacotes, instrumentos musicais, Odara e Anaya. Disfarçando o constrangimento, Dorotéia, que esperava o trio só para o dia seguinte, foi pega de surpresa num momento de descontração doméstica; não deu tempo, vaidosa que era, de preparar-se para recebê-las. Moças semelhantes, mas no trajar diferentes, supunham-se as distintas personalidades. As gêmeas enlaçaram dona Déia, com familiaridade, como se reencontrasse uma parente que havia muito não se via. "Sejam bem-vindas, desculpe o mau jeito. Esperava vocês amanhã... Mas, essa minha neta espevitada, sempre atropela o tempo" – disse, sorrindo desenxabida, enquanto Tânia e Caciana, a quem as visitas já tinham sido apresentadas, divertiam-se com a situação. O afeto demonstrado pelas recém-chegadas emocionou a matriarca. "A impressão que tenho é que já conheço vocês de tempos, é como se eu fosse sua avó de sangue. Bom, Maréia fala muito de vocês, fica tecendo elogios, dizendo o quanto são importantes para ela e na escola de música. Estava ansiosa para conhecer vocês, pena que não fui avisada da mudança de planos, para preparar uns petiscos, uma comidinha gostosa. Para que serve esse aparelho que vocês não largam? Mas deixa estar, aqui é casa de preta, a gente improvisa algo apetitoso rapidinho."

Abriu um sorriso afável. "Vamos, sintam-se à vontade! Coloquem essas malas e os instrumentos lá nos quartos. Caciana! Dá uma ajuda aí. Vocês três, descansem! Afinal, foram horas de estrada. Eu e Tânia vamos para a cozinha, preparar algo." Falava manso, uma única vez, gostava de ser obedecida de pronto. Depois de se alimentarem, as mulheres, no terraço, conversavam. Maréia contou sobre o patrocínio que recebera da Fundação de Incentivo Cultural ACEMA, concretizaria o sonho da orquestra de câmera, composta só por instrumentistas mulheres. "Olha, vozinha, fiquei tentada a dar o nome Filhas da Tia Fé. Vô que ia gostar, né? Mas achei que ficava melhor num grupo de chorinho. Pensei em "As Zungus", mas Odara e Anaya acharam que era nome de conjunto de samba. Difícil, dona Déia. Difícil, viu? Parece que qualquer nome que a gente pensar já está contaminado pela concepção alheia, do que seja um conjunto musical de mulheres pretas. Então, mãe, pensa aí em alguma coisa. E você, tia Caciana, o que sugere? Eu e as Omin já quebramos a cabeça" – apontava para as sócias Odara e Anaya, que observavam em silêncio. "Bom, veja só, as cabeças pensantes aqui não conseguem parir um nome bonito para a nossa orquestra?" – interferiu, de repente, Odara Omin, com seu humor peculiar.

A casa em que vivera, cercada de amor, sorriso e apreensões, presenças e saudades, chegadas e partidas, lembranças sonorizadas por música e pelo ecoar das ondas, com a presença das sócias, inspirava a criação do repertório que faria parte do espetáculo com data marcada no Teatro Municipal. "Pois é, vozinha, estamos numa trabalheira só. Já selecionamos as musicistas, foi uma tarefa agradável e surpreendente. Abrimos a seleção na Clave em Sol, queríamos um perfil de instrumentistas técnicas, mas que deixassem as emoções fluírem na hora de execuções específicas. Dias de audições intermináveis; fazer a escolha entre as várias, com qualidade, foi uma tarefa ingrata. Confesso, foi doloroso presenciar a decepção das não selecionadas. Sabemos bem como é, não é, vó? Superar o desapontamento pessoal, vencer a frustração demora um pouco, mas aprendemos." Dorotéia ouvia, mal disfarçando o orgulho das conquistas da neta, envaidecia-se com o entusiasmo dela. Tânia embevecida, de olhos marejados, admirando a mulher segura, entusiasmada, que a filha se tornara.

Caciana lembrava-se daquela criança curiosa, que poderia ter sido sua filha, passeando pela praia, recolhendo conchas, a crivando de perguntas. "Tia, de onde vêm essas conchinhas?" E ela inventava histórias: "Elas são as escamas daqueles peixes bem grandões que moram lá na casa da senhora do mar, lá embaixo, bem lá no fundo. Eles vêm à tona, na lua cheia, para ver ela de perto. Ficam encantados com o brilho prateado, deixam de presente suas escamas mágicas, boiando sobre as ondas, quando retornam para casa lá embaixo, bem lá no fundo." A menina, mesmo crescida, sabendo ser fábulas que a tia contava, pedia que ela repetisse, gostava de imaginar aquelas criaturas marítimas, concebidas por aquela mulher, que, na infância, passou por agruras, e inventava histórias para se autoninar. "Mulheres da minha vida! Vão se preparando!" – determinou Maréia, brincalhona. "Primeiro, temos que dar um nome para a orquestra." Dirigindo-se para Dorotéia, Tânia e Caciana: "Quero vocês, lindas, mais lindas, com visual caprichado. Encomendei vestidos, sapatos, acessórios, reservei horário no salão de beleza, terão um dia de noiva. Quero ver vocês na primeira fileira, aplaudindo nós três. Eu, Odara, Anaya e Maréia, que temos água no nome, vamos inundar de encanto vocês e a plateia." Dirigiu o olhar para as gêmeas, que se divertiam com aquela reunião. "Epa! Espera um pouco aí, maestrina!" – interveio a espevitada Odara. "Temos o nome da nossa orquestra: Encanto das Águas."

Satisfeita com a intervenção, Maréia disse aprovando: "É isso! Não é à toa que vocês são as águas da minha vida. Ainda não parece nome tradicional desse estilo musical, mas, Odara, vai ficar bem sonoro, até poético no programa. Veja só: A Orquestra de Câmera Encanto das Águas apresenta o musical: Réquiem à Marujada – Vozes que nos habitam" – empostou a voz, imitando um locutor. Uma sonora gargalhada repercutiu na casa. Quando o silêncio reinou no ambiente, Dorotéia agasalhou-se com seu xale azul, foi à varanda observar o horizonte, satisfeita com a amizade cúmplice que a neta estabelecera com as meninas Odara e Anaya; encontrou nelas a afinidade de irmãs. Talvez, fossem os fios partidos de uma ancestralidade interrompida que se reconectavam por outros caminhos. Absorta, não percebeu a presença de Maréia. "Oh! minha neta, é meio tarde para perambular pela casa. Eu estava aqui pensando em você." Abraçadas, silentes, admirando a imensidão da noite e do mar, os corações ritmando no compasso de amor, respeito e carinho, Maréia, aninhada como um pássaro, tendo os cabelos anelados afagados, sentia-se confortada e com esperança no futuro, ouvia as confidências das viagens oníricas da matriarca, as palavras a embalavam, tocavam os seus sentidos, gerando ondas sonoras, que repercutiam como notas musicais, linhas melódicas que a inspiravam a compor. Dormiu, abrigada no colo da avó, como na infância, sonhou, trilhou os caminhos da ancestralidade.

Acordaram com cheirinho bom de café, preparado por Tânia; encaminharam-se para a cozinha. A mesa estava posta. As gêmeas, sentindo-se no seu próprio lar, serviam-se das iguarias feitas por Caciana. Odara falava sem cessar, sob a complacência de Anaya, elas, inseparáveis, completavam-se como verso e o reverso, o reverso do verso. "Bom dia!" – Dorotéia e Maréia falaram juntas, ao entrarem. Tânia encontrou, na madrugada, avó e neta adormecidas; unidas pelo afeto, respaldavam-se no sono; preocupada, cobriu-as com uma manta, sem acordá-las. Enternecida, mas fingindo aborrecimento disse: "Era só o que me faltava! Agora são duas dormindo no terraço, expostas ao vento frio. Venham já tomar um café quente, aquecer o corpo! Vocês devem estar doloridas. Isso lá é lugar de dormir?" Dorotéia, se espreguiçando, respondeu, sabendo que a braveza da nora era só fingimento: "É, deixa disso, norinha querida, eu e Maréia nos alongamos na prosa" – e, levantando os braços, soltou um gemido: "Ui, ui! Nossa! Não tenho mais idade para isso, nem minha neta é aquela garotinha que eu embalava no colo até dormir. Ufa! Vamos lá tomar esse café, pelo cheiro, deve estar ótimo, como sempre".

    Com a brisa refrescante da manhã, soprando pelas amplas janelas da cozinha, a conversa correu animada, tagarelavam, troçando as dorminhocas do terraço. Em determinado momento, o assunto se voltou para a apresentação da orquestra. As três, entusiasmadas, falaram que omitiram, no projeto, o perfil das musicistas selecionadas, por estratégia, para não correrem o risco da desaprovação. "Vai ser surpresa para a plateia e para o patrocinador, magnata da indústria paulistana. Aprendi com vocês e com vô Marcílio. É necessário ser ligeiro, saber gingar, saber remar contra a maré. Não é, dona Déia? Tem coisa que a gente bate de frente até conseguir, tem outras que esquivamos, damos um voleio, para alcançar o objetivo. Acho que aprendi direitinho. A senhora não acha, vozinha"? Ao mencionar o avô, silenciou com uma sensação de arrepio, como se ele estivesse ali, contando casos de marinheiro, que repercutiam como ondas. "É, minha neta, você aprendeu a lição direitinho" – disse a avó, com os olhos marejados. Odara emocionava-se, interrompeu para descontrair o clima. "Está tudo muito bem, tudo muito bom, mas viemos aqui para trabalhar. Não trouxemos os instrumentos para tomar um ar à beira-mar. Ou trouxemos? Precisamos formatar a abertura, as adaptações das composições do Maestro Padre José Mauricio, temos que repassar o Réquiem, que será o encerramento. Viemos para cá para nos inspirar. Estou inspirada. Vocês, não? Então, meninas, quando começamos?" Deixou transparecer a ansiedade com a proximidade da apresentação.

A interferência abrupta, mudando o assunto, causou constrangimentos. – "Bom, patroa, podemos terminar o nosso café, ou tem que ser agora?" – disse Anaya, para desanuviar o mal-estar gerado pela irmã. Deu-lhe um tapinha amistoso no ombro. "Eita maninha apressada essa que eu tenho! Não me pareço nada com você. Ainda bem!" – e, causando reações hilárias, emendou troçando: "Está bem, pareço um pouquinho, só por fora. Mas, maninha, a chefa aqui é Maréia." Arrumaram os instrumentos na área onde antes aconteciam reuniões animadas, que ficava protegida de olhares curiosos. As partituras espalhadas pela mesa e no pedestal. Maréia, Odara e Anaya tocavam, pausavam, anotavam os arranjos nas linhas pautadas, entregavam-se ao prazer da criação. "Meninas, está bom, mas precisamos do ótimo. Falta algo, vamos parar, depois retornamos." Aproximando-se do cello, apoiado sobre o suporte, Maréia com as pontas dos dedos alisou suas cordas, repetia e repetia o gesto, como num transe. Buscava a melodia vibrante, mergulhou nos relatos das viagens oníricas de Dona Déia. "Oi, oi, vai ficar acariciando o violoncelo? Sabemos que é paixão antiga, se quiser a gente sai, deixando vocês a sós. Mas estamos aqui para compor, ou não?" Interrompida no seu êxtase criativo, a maestrina, entusiasmada, compartilhou a sua descoberta: "Meninas, preparem-se, achei a música que estamos compondo. Prontas? Fechem os olhos e viajem, as palavras são sons que se transformam em notas melódicas. Odara não me interrompa com suas frases espirituosas!" Aninhou o cello na postura de tocar, mas, em vez disso, o entrelaçou, passou a pronunciar frases:

"Chorar não dá mais tempo

Salmoura do mar

Cicatrizaram feridas

Os corpos espalhados pelo Atlântico

Criam asas

Criaram asas

O vento elevou as asas

Juntam-se várias pétalas

Espalham semente de nós

Fertilizadas na existência

A memória no azul

Memorial azul

Memória é mar

A chuva rega sonhos

Chorar não dá mais tempo

As sementes se espalham

Fortalecidas pela terra

Mãe da vida

Filhos paridos no solo

No solo

Consolo da esperança

A sonoridade espalha

Espanta o desalento

O alento se faz

Futuro e canções

Presente, passado, futuro

Na circularidade do tempo

Criamos asas

Criamos asas

Nos levam longe

Para o além

E para nós

Somos canções

Infinitas

Pontos pretos pingados

Colcheias pauteiam

Vozes, vozes, vozes nos habitam

Compondo, compondo...

Compondo o infinito

O infinito circula em nós."

Ao terminar de falar a última frase, Anaya repetia: "Vozes compondo no infinito que circula em nós." Odara, em frente a ela, acompanhava: "Compondo o infinito que circula em nós." Como um mantra, Maréia, abraçada ao violoncelo, juntou-se à dupla: "Vozes compondo o infinito que circula em nós." Repetiam, repetiam e repetiam. As ondas do mar transformadas em um coral, repetiam: "Compondo o infinito que circula em nós." Extasiadas, guiadas por força interior e exterior, elas conceberam as melodias, felizes como crianças brincando com o que mais gostam. Ao terminarem, o lusco-fusco anunciava a aparição da lua cheia, que surgiu prateando o mar, formando um triângulo, cujo vértice apontava para as três, sentadas de mãos dadas, gozavam o prazer da criação. Dirigiram-se para a praia, caminharam, os pés descalços sobre a umidade da areia, sentiam-se plenas como o cantar de gaivotas a brincar nas marolas. Com a brisa da noite acariciando-as, gargalharam, mãos dadas cirandavam, rodopiavam, envolvidas por uma aura, como se as três fossem uma só, unidas pelo poder da criação e pela certeza de que a musicalidade existe em tudo que existe. Zonzas, cansadas de voltearem, deitaram-se na areia, pernas abertas, pés tocando os pés, os braços abertos, mãos tocando as mãos, formavam uma rosácea, adormeceram. Acordaram, com o frio da madrugada. Na casa, sem fazer ruídos, alimentaram-se das guloseimas que Tânia deixara sobre o fogão. Aqueceram-se, tomando o café quente da garrafa térmica. "Agora, sim, estamos preparadas, era só ouvir o som das águas. Eu sou a água, misturada com areia, e vocês, uma é o remanso, a outra a queda da cachoeira. Realizamos a criação no encanto das águas."

15. Paralelas

A vida vai
Terra
Depura
Fios de águas
Submersos
Leva
Alimentam
Rio
Leva
Mar
Depositário

– *Agbalagba*

No dia do concerto da Orquestra de Câmara Encantos da Águas, o Teatro Municipal, com a aparência suntuosa e luxuosa do século passado, o vermelho nas tapeçarias, nos estofamentos das poltronas, contrastando com o dourado dos encostos de braço e frisos, recebia um público das mais diversas camadas sociais. Por exigência da maestrina, os convidados da orquestra acomodavam-se nos lugares reservados nas fileiras principais. Professores, alunos, colegas e familiares estampavam no rosto o orgulho, mal podiam conter a emoção, agradecidos pela gentileza de compartilhar esse momento de realização, a oportunidade de pisar, pela primeira vez, naqueles tapetes púrpuras. Os sócios, parceiros econômicos da ACEMA, *habitués* daqueles espaços, comportavam-se sem surpresas, compareciam mais pelo requisito social, para não melindrar o herdeiro das indústrias Menezes de Albuquerque, o que poderia ocasionar entraves em futuros negócios. Porém, não conseguiam disfarçar a contrariedade, pelo tipo de espetáculo descrito na programação, atraindo a presença de frequentadores que destoavam do requinte do teatro. Ansiavam que o espetáculo começasse e terminasse no horário, para, o mais rápido possível, voltarem a se isolar atrás das grades de suas mansões ou nas coberturas dos apartamentos luxuosos.

Alfredo, feliz e aliviado, pois o tratamento da sudorese se mostrava eficaz, só faltavam algumas doses para considerar-se completamente curado, abandonou os incômodos trajes especiais, usaria um terno claro confeccionado com tecido comum. Mirou-se com prazer no espelho, agradou-se com o novo figurino. "Vovô é que tinha razão, maldição é coisa de pessoas ignorantes. Estou livre. Curado!" Lembrou-se das preocupações do doutor Wlade, quanto aos possíveis efeitos colaterais. "Excesso de preocupação, só pode ser. Hoje é um grande dia. Estou ótimo." Apanhou o pacote, embrulhado para presente, com laçarotes vermelhos e dourados, dirigiu-se até a biblioteca, escreveu um cartão:

> *Acreditamos que o concerto será memorável. Em nome de toda a diretoria da Fundação de Incentivo Cultural ACEMA, aceite esse presente de boa sorte, use para realçar o brilhantismo dessa noite.*
>
> *Nossos votos de sucesso.*
>
> **Alfredo Menezes de Albuquerque.**

Subscritou o envelope, para a Maestrina Maréia Nunes Santos, mandou um mensageiro entregar no camarim, antes de começar o espetáculo. Não confiava em maldições, assim como Dom Alfonso, mas supôs ser prudente livrar-se daquilo. Sentiu-se vivo.

Admirando-se ao espelho, Maréia dava os últimos retoques no visual, o vestido branco ajustava-se às curvas de seu corpo; os cabelos, parte preso em coque, parte com tranças caindo-lhe sobre os ombros, como cascata; o batom, cor de uva, realçava os lábios carnudos. Fitava-se atenta, para que nenhum deslize viesse a macular o traje impecável. "Perfeito." Conversava consigo mesma: "E aí, seu Marcílio, estou aprovada? Sei que sim. A inspiração é o mar. E o senhor dizia que de mar nós dois entendemos. Temos ele no nome, Mar-cí-lio e Mar-é-i-a." Discreta pancada à porta a interrompeu. Concluiu não ser nenhuma das componentes da orquestra, deveriam estar caprichando nos preparativos. Abriu a porta, com cautela. Um homem com terno e gravata pretos, contrastando com o branco de sua camisa, que quase se confundia com sua pele, um quepe, debaixo do braço, com o logotipo da ACEMA, entregou-lhe um pacote, embrulhado em papel prateado, com um cartão preso, entre os laçarotes vermelho e dourado. "O patrão pediu para lhe entregar. Solicitou que a senhora abrisse, antes da apresentação" – retirou-se educadamente. Surpresa com o presente, questionava sobre a intenção do patrão, como disse o funcionário. Leu o cartão, pareceu-lhe gentileza, ao abrir, encontrou um medalhão, com desenhos entalhados, uma pedra de cristal com um brilho fascinante, encrustada no centro. A peça antiga pareceu-lhe valiosa, titubeou em usá-lo, mas colocou no pescoço, era lindo, devolveria ao empresário depois do concerto.

O teatro lotado, o espetáculo atrasado, o burburinho da conversa do público, como zumbido de abelhas inquietadas na colmeia, propagava-se na acústica do anfiteatro. Aguardava-se a presença do patrono, que não era dado a atrasos. O zum-zum aumentou à chegada de Alfredo; cumprimentando os presentes com meneio de cabeça, acomodou-se bem em frente ao palco, com visibilidade privilegiada. Soou a campainha, reinou o silêncio. Ouviu-se a voz solene e empostada do locutor. "Senhoras e senhores, o Theatro Municipal de São Paulo, um dos mais importantes do Brasil, renomados artistas, aqui pisaram, como Enrico Caruso, Maria Callas, entre outros, tem o imenso prazer de apresentar neste palco centenário a Orquestra de Câmara Encanto das Águas, patrocinada pela Fundação Incentivo Cultural ACEMA. Pedimos aplausos ao benemérito Alfredo Menezes de Albuquerque, que nos honra com sua presença." Palmas ecoaram. Alfredo levantou-se, acenou em sinal de agradecimento. Retomando a solenidade de abertura, o locutor anunciou: "Senhoras e senhores, com vocês a Orquestra de Câmara Encanto das Águas." Inicia-se um som de flauta suave, enquanto a cortina vai se abrindo lentamente. A luz azul incidia o foco em Maréia, de frente para a orquestra e de costas para o auditório. Virando-se lentamente, completou o giro, soprando as últimas notas da melodia.

A plateia, em suspense, as vestimentas brancas impecáveis das instrumentistas, contrastando com a tonalidade de suas peles, os amigos e familiares orgulhosos, era a manifestação de um sonho. Os demais convidados, sem laços de amizades ou parentesco, foram surpreendidos pelas características físicas das componentes, que destoavam dos padrões estéticos costumeiros do local, dissimulando, aplaudiam educadamente, sem entusiasmo. Porém, foram arrebatados pela leveza e elegância das musicistas, que, ao comando da maestrina, tocavam os instrumentos como se fossem a extensão de seus próprios corpos. A sala de espetáculo inundou-se de harmonia sonora. A plateia deixava-se levar pelas emoções, mergulhava involuntariamente em recônditas recordações, que afloravam melancolias, para uns, e contentamento, para outros. Os convidados da ACEMA sentiam fagulhas incandescentes penetrando a pele, uma sensação agônica fluía de dentro de seus poros, como se o corpo fosse implodir. A orquestra atingia o ápice, executando a peça musical adaptada, do maestro-compositor padre José Maurício, que, no dueto de violinos, com Odara e Anaya Omin enlevadas, transmitiam a suavidade do navegar em águas acolhedoras e o inesperado estrondo da cachoeira.

Alfredo, ao escolher o projeto, precisava dar satisfação aos sócios da empresa, mantendo o objetivo financeiro econômico de subvencionar uma empreitada cultural anual. Não fez por motivo estético ou técnico, esse foi o único projeto sobrevivente de seu ataque de humores, que destruiu as demais propostas. Sensibilizado, envolvido nos acordes, recordava as desditas acontecidas na família. "Uma coleção de desgraça" – ouvira, certa vez, Branca comentar com uma empregada novata. Incidiu o olhar no medalhão que Maréia usava com a propriedade de pertencimento. Ele foi arrebatado por um inexplicável sentimento de culpa, como se tivesse um débito incalculável, que se acumulava em juros, por séculos e séculos. Um fio fino de suor frio lhe escorreu pelas costas; impelido por um impulso, pegou o celular, doou os seus bens disponíveis para a ACUENDA - Associação Cultural Encanto das Águas. No palco, a qualidade apurada do repertório embevecia com a virtuosidade melodiosa os mais reticentes espectadores, nada mais parecia importar, arrebatados, esqueciam o choque que os acometera ao abrir das cortinas.

O palco, na habilidade do técnico de iluminação que manejava o canhão, inundou-se em luz azul marítima, ora suave, ora intensa, uma criação teatral de ondas em alto-mar prenunciava a apoteose. As musicistas tocando, movimentavam-se como viajando em um navio. Alfredo, sugestionado pela melodia e performance cênica, contrariando sua severa educação, meneava o corpo como se estivesse navegando. Via-se nas histórias de aventuras e conquistas, lidas por Francisco, sentia um bem-estar de menino encantado, convencido de que, ao crescer, dominaria o mundo, comandaria como os de sua linhagem familiar. Embalado pelas alternâncias orquestrais, lenta, rápida, introduzindo, após a pausa, o solo de violoncelo. Maréia solava com virtuosismo, entregava-se por completo, balançando o corpo como onda; com um trilo finalizou. O medalhão faiscou luminosidade azul, na reentrada da intensidade melódica, que transmitia a sensação de tempestade em alto-mar, desgovernando navios, assustando marujos.

Alfredo ia-se em devaneio, a chispa que irradiava do medalhão o atingiu, tremeu sentindo um redemoinho interno, considerou ser os efeitos colaterais, tantas vezes referidos pelo médico. Não relegou importância, acreditando ser mal-estar passageiro, próprio do tratamento. Concentrou-se no final do espetáculo, anunciado nas acrobacias dos focos de luzes, que destacavam cada uma das componentes; deteve-se em Maréia. Atordoado, com um turbilhão de sensações, o suor lhe escorria, num vislumbre ilusório, viu o medalhão arrebentar-se, como um dique, ele sentia-se prestes a implodir. As últimas notas ecoaram, as luzes se apagaram, aplausos entusiásticos. "Bravo! Bravo! Bravo!" – gritavam os mais afoitos. A plateia em pé, extasiada. A música havia conseguido o milagre de aproximar vidas paralelas. Os rostos satisfeitos na plateia, Dorotéia, na primeira fileira, ladeada por Tânia e Caciana, plenas em orgulho. "Valeu a pena o esforço. Valeu! Veja nossa menina!" – comentário abafado pelo ruído das palmas, que não cessavam. Abriram-se, novamente, as cortinas; dona Déia deteve o olhar na joia que a neta ostentava, lembrou-se de Marcílio pronunciando a frase. "O que nos pertence retornará. O mar devolverá. Assim que as coisas são, minha velha!" Com a atenção voltada para o adereço, sentiu um abraço afetuoso, esboçou um sorriso enigmático.

Os aplausos diminuíram, mas o público não se retirava, esperavam que se levantasse o benemérito magnata das indústrias Menezes de Albuquerque, para ovacioná-lo pelo alto nível do concerto. Sentado na mesma posição, não esboçava reação, causou estranhamento, mas, dada às excentricidades que a fortuna lhe proporcionava, não ousaram interpelá-lo. A filha de um sócio da ACEMA aproveitou a oportunidade para se aproximar, mas não conteve um grito de surpresa e pavor, que ecoou pelo teatro, silenciando quaisquer outros ruídos. Imediatamente, a equipe médica, que o observava a distância, acercou-se de Alfredo, afrouxando-lhe a gravata. O Doutor Wlade, consultando a pulsação, resmungava aborrecido: "Avisei dos efeitos colaterais. Eu avisei!" Satisfeitas com a apresentação, Maréia, Odara e Anaya, num abraço triplo, extravasavam as emoções, choravam, riam, ao mesmo tempo. "Lindo! Lindo! Conseguimos! Conseguimos!" De mãos dadas, formando uma ciranda, as musicistas parceiras, com as três ao centro, improvisaram uma coreografia, o vai e vem dos corpos, os vestidos brancos esvoaçavam, similar a marolas. "Somos o Encanto das Águas" – regozijavam-se com a conquista, sentindo os eflúvios da ancestralidade, no nome da orquestra pronunciado como saudação ou, talvez, como grito de guerra.

As comemorações continuariam mais tarde, na sede da escola Clave em Sol, degustando o delicioso zungu da dona Déia, preparado no capricho. "Vamos festejar, como deve ser. Nada de frescuraiada, a gente com a gente. Quem sabe, a gente mistura esses seus instrumentos eruditos com os nossos violão e cavaquinho. Eu, ali, só na palma da mão, fazendo a marcação do ritmo." – disse Dorotéia, quando foi ao camarim desejar boa sorte. "Bom, vocês sabem, estamos lá na plateia com vocês. Vão lá no palco e brilhem, façam o melhor! E isso nós sabemos fazer muito bem, dar o nosso melhor" – a matriarca, espantando com sua peculiar franqueza o incômodo de se conviver em ambientes paralelos. Mundos distintos, em um deles, somos obrigados a desviar dos meandros mais tortuosos para objetivar ideais, realizar os sonhos, mais absurdos que possam parecer, tanto de um lado, quanto do outro, das paralelas.

Foram despertadas daquele clima de festa, por um grito de mulher, mas consideraram ser entusiasmo da plateia, que ficou boquiaberta, não conseguindo conter as emoções provocadas pela última música, "Réquiem à marujada – Vozes que nos habitam". Mas o burburinho alongava-se e intensificava-se, foram verificar o ocorrido, depararam com uma cena deprimente. O corpo do patrocinador do espetáculo jazia na poltrona escarlate da primeira fila, no canto da boca, semiaberta, uma baba branca escorria. Um homem branco de meia-idade, calvo, de óculos, tentava reanimá-lo, repetia desolado: "Eu avisei. Avisei dos efeitos colaterais." Ordenou, resignado: "Vamos tirá-lo daqui agora!" Ao removê-lo, os poros começaram a verter filetes de sangue, envolveram-no com um pano, num improviso de mortalha. "Eu avisei, o corpo não aguentou." Os convidados de Alfredo, confusos e consternados, retiraram-se em minutos, o teatro esvaziou-se.

Em silêncio respeitoso, a Orquestra de Câmera Encanto das Águas, familiares e convidados, dirigiram-se para a sede da Clave em Sol. "Estou sentida pelo moço. Mas não podemos desperdiçar a comida. Na realidade, para nós, a morte faz parte da vida, não lamentamos. Nos meus tempos de infância, velava-se o morto, com prosa e cantoria, e não era desrespeito. Bom, amanhã vamos chorar na cerimônia de enterro do moço, são os costumes deles." Segurando o medalhão, usado pela neta, vislumbrou, abraçadas, no encontro das águas no alto de uma montanha, Odara, Maréia e Anaya, no horizonte, o "nla ooni" mergulhava sorrindo.

16. Glossário Ioruba – Português

A

"Àbíkẹyìn iya" – a mais nova

"Adalu" – mistura

"Agbara buburu" – força do mal

"Agbara jagunjagun" – força guerreira

"Agbaye" – Universo

"Akọkọ" – Tempo

"Apakan" – asas

"Aseye" – banquete comemorativo

"Asoju" – representante

"Atijọ awọn obirin" – idosas

"Atijọ eniyan" – idosos

"Atijọ julọ" – mais antigo

"Aiye" – Terra

"Awọn Oludamoran Iya" – Conselheiras

"Awọn ihò" – grutas

"Ọwọn ìmọ" – pilar do conhecimento

"Awọn ọwọn mẹsan" – nove pilastras

"Ayeraye" – Eterno

"Ayeye ti isinku" – ritual de funeral

"Ayika ina" – esfera de luz

B

"Bere" – começo

"Bunkun nla" – grande folha

D

"Didun" – labaredas

E

"ẹbun" – dom

"Eniyan koriko funfun" – homens gafanhotos

"Ere aworan ooni" – o crocodilo

"Eye" – pássaro, ave

"Eye mẹrin oju" – pássaro de quatro olhos

F

"Funfun lulú" – pó branco

"Fifun awọn oju-ọrun fun awọn" – dar asas aos mortos

I

"Igbasilẹ" – ritual de passagem

"Agbaye" – Universo

"Ihò aye" – caverna da vida

"Ikoko" – pote

"Ikoko kekere" – pequeno pote

"Ile kẹjọ" – oitava casa

"Ile ti ibi ati ibi." – casa do nascimento

"Imole otitọ" – luz e verdade

"Iranti" – memória

"Irinsẹ" – instrumentos

"Itajil" – derrota

"Iya Aye" – Mãe Terra

"Iwe-iwe" – pilastra

K

"Kasikedi" – cascata

"Kẹsan ile" – nona casa

"Kú ati owurọ" – morrer e amanhecer

"Kun awọn ara" – pintar os corpos

L

"Laimu" – mimos

"Lati ngun" – navios

"Lati bi" – nascer

"Lati ku" – morrer

M

"Mẹsan" – nove

"Mẹsan ọmọ" – nono filho, nono elemento

N

"Nkan" – substância

"Nla ooni". Olugbeja wa. Ati Olugbala." – Grande crocodilo. Defensor. Nosso guardião.

"Nla gbigba" – a grande recepção.

"Nla ooni" – Grande crocodilo

O

"Ọgbọn" – sabedoria

"Ohun ọgbina" – bastão de comando

"Oju" – olhos

"Okuta momọ gara" – pedra de cristal

"Okuta ọrun" – a pedra que veio do céu

"Okuta yika" – grande pedra redonda

"Oludamoran Agba" – Conselho dos anciões

"Olugbeja" – defensores

"Oluko" – mães

"Oluwa" – mestres

"Omi ifaya" – encanto das águas

"Ọmọ akoko" – filho do tempo

"Ọmọ" – bebê, criança, filho

"Ọmọ Ayika Ina" – filho da esfera da Luz

"Ọmọ bẹrẹ" – filho do começo

"Ọmọbinrin bunkun idan" – filha da magia das folhas

"Ọmọ ẹhin" – discípulo

"Ọmọ ojo iwaju" – filho que vê o futuro

"Ọmọ opin" – filho do fim

"Oniriki" – onírico

"Opin" – fim

"Opopona iku aye" – caminho para a morte

"Orukọ" – nomes

"O ti ṣe" – está feito.

"Owa laaye" – ele está vivo

"Ọwọn ìmọ" – pilar do conhecimento

"Awọn ọwọn mẹsan" – nove pilares

R

"Rogodo" – bola (círculo)

T

"Tọṣi" – tocha

17. Glossário Português – Ioruba

A

A mais nova – àbíkẹyìn iya"

Asas – "apakan"

Ave – "eye" (pássaro)

B

Banquete comemorativo – "aseye"

Bastão de comando – "ohun ọgbina"

Bebê, criança, filho – "ọmọ"

Bola – "rogodo"

C

Caminho para a morte – "opopona iku aye"

Casa do nascimento – "ile ti ibi ati ibi"

Cascata – "kasikedi"

Caverna da vida – "ihò aye"

Círculo – "rogodo"

Começo – "Bere"

Conselheiras – "Awǫn Oludamoran Iya"

Conselho dos anciões – "Oludamoran Agba"

Cristal – okuta momǫ gara

D

Dar asas aos mortos – "fifun awǫn oju-ǫrun fun awǫn"

Defensores – "olugbeja"

Derrota – "itajil"

Discípulo – ǫmǫ ęhin

Dom – "ębun"

E

Ele está vivo – "owa laaye"

Esfera de luz – "ayika ina"

Está feito – "o ti sę"

Eterno – "ayeraye"

F

Filha da magia das folhas – "ǫmǫbinrin bunkun idan"

Filho do tempo – ǫmǫ akoko

Filho da esfera da luz – "ǫmǫ ayika ina"

Filho do começo – "ọmọbẹrẹ"

Filho do fim – "ọmọ opin"

Filho que vê o futuro – "ọmọ ojo iwaju"

Fim – "opin"

Força do mal – "agbara buburu"

Força guerreira – "agbara jagunjagun"

G

Grande crocodilo – "nla ooni"

Grande crocodilo. Defensor. Nosso guardião. – "Nla ooni. Olugbeja wa. Ati Olugbala.".

Grande folha – "bunkun nla"

Grande pedra redonda – "okuta yika"

Grande recepção – "nla gbigba"

Grutas – "awọn ihò"

H

Homens gafanhotos – "eniyan koriko funfun"

I

Idosas – "atijọ awọn obirin"

Idosos – "atijọ eniyan"

Instrumentos – "inrise"

L

Labaredas – "didun"

Luz e verdade – "imọlẹ otitọ"

M

Mãe Terra – "Iya Aye"

Mães – "oluko"

Mais antigo – "atijọ julọ"

Mestres – "oluwa"

Mimos – "laimu"

Mistura – "adalu"

Mistura – "nkan"

Memória – "iranti"

Morrer – "lati ku"

Morrer e amanhecer – "kú ati owurọ"

N

Nomes – "orukọ"

Nona casa – "kẹsan ile"

Nono filho – "mẹsan ọmọ"

Nono elemento – "mẹsan ọmọ"

Nascer – "lati bi"

Nove – "mẹsan"

Navios – "lati ngun"

Nove pilares – "awọn ọwọn mẹsan"

Nove pilastras – "awọn ọwọn mẹsan"

O

O crocodilo – "ere aworan ooni"

Oitava casa – "ile kejọ"

Olhos – "oju"

Onírico – "oniriki"

P

Pássaro – "eye"

Pássaro de quatro olhos – "eye mẹrin oju"

Pedra que veio do céu – "okuta ọrun"

Pequeno pote – "ikoko kekere"

Pilar do conhecimento – "ọwọn ìmọ̀"

Pilastra – "iwe-iwe"

Pintar os corpos – "kun awọn ara"

Pó branco – "funfun lulú"

Pote – "ikoko"

R

Representante – "asoju"

Ritual de funeral – "ayeye ti isinku"

Ritual de passagem – "igbasilẹ"

S

Sabedoria – "ogbọn"

Substância – "nkan"

T

Tempo – "akọkọ"

Terra – "Aiye"

Tocha – "Tọṣi"

U

Universo – "Agbaye"

Miriam Alves: o poder de libertar "verdades aprisionadas"

Giovana Xavier[3]

(Quando recebi o convite para prefaciar o livro *Maréia*, fui tomada por um mar de sentimentos. Alegria, orgulho e medo. Medo? Sim. Mulheres negras sentem medo. E essa é uma das coisas que aprendo diariamente com Miriam Alves. A humanidade do medo, da alegria, das diversas formas de definir amor, família, afeto. É desse lugar de ser humana que assumo a pena que me foi confiada para desenhar os afetos produzidos onde mar e areia se encontram. Encontros que de agora em diante serão eternizados como *Maréia*).

***

Ela talvez não saiba. Mas conheci Miriam Alves em uma palestra no Encontro Nacional de Estudantes Negros. Realizado em 2016, na Universidade Federal do Rio de Janeiro, o evento que contou com a participação de aproximadamente dois mil estudantes universitários negrxs é um marco representativo da democratização do acesso ao ensino superior no Brasil. Cheguei no fim da sua palestra, momento no qual, a pequenez de seu tamanho harmonizava com o gigantismo dos versos do poema "Salve América", recitado com palavras que vem da alma, ao estilo que só Miriam sabe fazer. Mirismos...

---

[3] Profa. Adjunta de Prática de Ensino de História - FE/UFRJ - Grupo de Estudo e Pesquisa Intelectuais Negras

De lá pra cá, nossos caminhos cruzaram-se mais algumas vezes, até que um dia entendemos que esses reencontros eram uma mensagem de que deveríamos seguir juntas. Boas entendedoras, passamos a percorrer uma travessia que com muito amor, amizade e confiança tornamos nossa.

Em 2017, quando estive em Paraty lançando o catálogo *Intelectuais Negras Visíveis*, para minha alegria, a autora de *Bará na trilha do vento* estava lá. De cabelos soltos, saia rodada, Ela saudou a chegada da obra de um grupo acadêmico de mulheres negras reverenciando a ancestralidade cor da noite. Filha das brisas e das tempestades, essa mulher incrível, que iniciou sua carreira de escritora nos anos 1980 no Movimento Literário Quilombhoje, fez as ruas de Paraty, repletas de ossos, sangue e suor que conectam passado e presente chacoalharem. Como de costume, foi ousada. Abriu os trabalhos do lançamento do referido catarogo cantando e dançando para Iansã na XVI Festa Literária Internacional de Paraty. "Oyá o mulher forte, poderosa e sagrada, dona de tanta beleza, rainha obstinada". Esse foi um momento ímpar que emocionou todas as pessoas que por lá passaram. A espada com fita vermelha fabricando os ventos de Oyá. Meses depois, numa mesa de jogo de búzios do candomblé, a senhora dos ventos deu o ar da graça, revelando-se como minha mãe. A dona do meu orí, junto com Oxum. Imediatamente lembrei de Miriam que me vendo vestida de vermelho em Paraty, olhou para mim de cima abaixo e, simplesmente, sorriu.

Essa ciência do amor produzida pela escritora está no topo da lista de uma disputa de narrativas em prol do reconhecimento de pessoas negras como sujeitos políticos, produtores de conhecimentos da mais alta relevância para a história do nosso país.

Conhecimentos que brotam de histórias reais de um grupo racial que representa 54,4% da população nacional. De acordo com suas próprias palavras, somos "o fio invisível da continuidade". Esse "fio" explica também as margens e confinamentos impostos à escrita de mulheres negras, que representam menos de 1% das autoras em estantes de livrarias brasileiras, mas que ao mesmo tempo protagonizam as mais importantes transformações do mercado editorial contemporâneo. Miriam Alves é protagonista desta história. Não porque eu autorize ou queira, mas porque é a partir desse lugar que brota toda sua vasta produção literária.

Mas por que contar tudo isso para prefaciar uma obra?

É difícil a missão de prefaciar *Maréia*. O grau de dificuldade desdobra-se em várias camadas. Dividida em quinze capítulos (com títulos instigantes "Herdeiro" (c. 1), "Encanto das Águas" (c. 14) e "Paralelas" (c.15), meus três favoritos), a obra é constituída por diversas paisagens e temporalidades. O navio português que trouxe Maria Francisca Fernandes de Castro, "a filha era virgem e boa parideira (que) sem disposição e vontade, embarcou rumo ao desconhecido, selando o seu destino". Através dessa mulher branca portuguesa, que "carregava entre as poucas tralhas, uma imagem da Virgem Maria, esculpida em madeira" podemos entender mais do Brasil patriarcal, sobretudo se considerarmos o papel de homens como o comerciante Antonio Melo de Freire:

"Ele a recepcionou no desembarque, conferiu de cima abaixo, como a um artigo adquirido, não o atraiu a mulher de dezoito anos, com rosto avermelhado pelo calor da cidade, corpo roliço coberto por vestimenta de tecido grosso, preto e cheio de babados. A cor clara dos cabelos desgrenhados, permitia ver os piolhos alojados nos fios, que sobressaíam por baixo do chapéu ornado com pequena pluma".

Ao olhar para *Maréia* como o que a obra significa - um romance histórico, entendemos a grandiosidade de Miriam Alves, marcada pela inteligência e precisão necessárias para realização de pesquisas minuciosas que são transformadas em narrativas de personagens que nos fazem compreender a história do nosso país, tanto ontem quanto hoje. Aliás, como historiadora, preciso comentar que para aquelas pessoas em busca de novas narrativas o livro representa jóia rara. Um riquíssimo material que nos permite ir além das perspectivas levantadas por Gilberto Freyre em "A formação da família patriarcal brasileira", capítulo introdutório de *Casa-Grande e Senzala* (1933).

O que mais me chamou a atenção nessa obra é a originalidade de abordar a sincronia de histórias entre uma família branca (Menezes & Albuquerque) e uma negra (Nunes dos Santos), através de capítulos alternados. Despertou-me o olhar também a maestria para narrar, em ricos detalhes e sem jogos de desqualificações e revanchismos, as pessoas brancas através de características e comportamentos que pouquíssimas vezes lhes são atribuídos. Sujeitos que na condição de seres humanos são produtores de miséria, violência e desgraças de todas as ordens em posição à narrativa romântica de povo "civilizado".

Em um momento político marcado pela emergência dos Estudos da Branquidade no Brasil, melhor obra não pode haver. Nela, Miriam Alves desestabiliza, com boas doses de poesia e pesquisa, a falsa ideia de que desumanização seria um "problema do negro", se quisermos usar o termo do sociólogo

Guerreiro Ramos em "A patologia social do branco brasileiro". E por falar nisso, o que dizer das dores na alma e no corpo de Maria Francisca?

Maria Francisca acordou dolorida, na desordem da cama, sentia odores misturados de esperma, sangue, urina e outros líquidos. Selado estava o seu destino, envolta em uma confusão de sentidos, abraçou-se a Virgem Maria e orou.

"Salve Rainha, Mãe de Misericórdia
Vida, doçura e esperança nossa, Salve!
A Vós bradamos, os degredados filhos de Eva
A Vós suspiramos, gemendo e chorando neste
Vale de Lágrimas."

A cada palavra, lágrimas escorriam pela face, o brilho dos olhos e a esperança esvaíam-se, abrindo espaço para a aspereza. Tornou-se rude com as pessoas, abrandava-se na presença do marido, senão além dos ataques sexuais noturnos, receberia tabefes no rosto, desferidos com as costas das mãos calosas e peludas, fosse onde fosse, na presença de quem quer que fosse. Seguiria rezando para o resto de sua existência e a cada filho feito nela, num total de cinco, sempre da mesma maneira".

Mudando o holofote do prefácio para o processo de formação de famílias negras, percebo que se tornou um exercício prazeroso ler *Maréia* em diálogo com obras tratadas pela historiografia brasileira como "clássicas", conceito que, aliás, precisa ser urgentemente revisto uma vez que parte da ideia de escrita branca, masculina e heteronormativa como única possibilidade de fazer científico e também literário. Afirmo com prazer que *Maréia (Mar + Areia)* através de sua escrita passado-presente, dá um excelente caldo ao lado de obras do porte de *Na senzala uma flor: esperanças e recordações da família escrava*, do historiador Robert Slenes:

"Maréia atenta, o coração leve, as recordações de infância quando o pai e o avô, ainda eram vivos, a acompanhava na estrada. As notas musicais, da orquestra de Glenn Miller, que saía do áudio do carro, a fazia se sentir numa cena dos clássicos filmes românticos, que tanto assistira na companhia deles, nos momentos felizes de convivência familiar. - "O mar os levou." - Falou alto para afugentar o sentimento de doce tristeza e uma lágrima que nascia teimosa, ao mesmo tempo que trocava o CD. A voz rouquenha de Louis Armstrong, seu instrumento de sopro, num dueto com Ella Fitzgerald, a enchia de nostalgia, enquanto as rodas do veículo, atritando o asfalto venciam a distância. - "Não vamos lamentar. Viveram no mar e no mar ficaram".

Haveria muito mais histórias a serem contadas, mas já aprendi a aceitar o inevitável. Toda vez que leio alguma coisa dessa autora, grande intérprete da história do Brasil, volto ao começo de tudo. "Chorei porque nascia". Obrigada por libertar tantas "verdades aprisionadas". Modupé por nos ensinar que renascer é uma arte da qual somos doutoras! Como aprendemos com Maréia: "mar é o reino líquido que resguarda muitos de nós".

Malê Editora e Produtora Cultural Ltda.
www.editoramale.com
contato@editoramale.com.br

Esta obra foi composta em Arno Pro Light (miolo), impressa na gráfica **PSI** sobre papel pólen 80g, para a Editora Malê, em São Paulo, em dezembro de 2022.